UNIVERSITY OF NORTH CAROLINA
STUDIES IN THE ROMANCE LANGUAGES AND LITERATURES
Number 20

EL LIBRO DE LOS ENGAÑOS

FIRST PAGE OF THE ONLY SURVIVING MANUSCRIPT, WHICH IS PART OF THE ARCHIVES OF THE REAL ACADEMIA DE LA LENGUA IN MADRID. THE WORD ENGAÑADOS IS CLEARLY VISIBLE, AS WELL AS EMENDATIONS BY A LATER SCRIBE

EL LIBRO DE LOS ENGAÑOS

EDITED BY

JOHN ESTEN KELLER

Revised Edition

CHAPEL HILL

THE UNIVERSITY OF NORTH CAROLINA PRESS

Impreso y hecho en España
Depósito Legal, V. 794 - 1959

Revised Edition, Tipografía Moderna, Valencia, Spain, 1959

TABLE OF CONTENTS

INTRODUCTION

PRINCE FADRIQUE'S BOOK

In the year 1253 (1291 of the Spanish Era) Prince Fadrique, brother of Alfonso el Sabio, caused a remarkable book to be translated from Arabic into the language of thirteenth-century Spain. This book we have learned to call *El libro de los engaños e los asayamientos de las mugeres.* The only surviving manuscript, certainly not the original of the thirteenth century, bears no title; but on the first page —a kind of dedication to Fadrique as patron of the work— there is a passage from which Amador de los Ríos derived the title we use today: *Plogo e tovo por bien que aqueste libro de aravigo en castellano para aperçebir a los engañados e los asayamientos de las mugeres.* The word *engañados* is clearly visible, in spite of the fact that an attempt has been made to change it to *engaños.* According to the older copyist (a later scribe made nearly three hundred emendations in the manuscript) the name of the book should have been *El libro de los engañados,* if we are to derive it from this passage. Amador de los Ríos, who recognized the superiority of the first copyist, either failed to note this scribal correction or preferred, in view of the frequent occurrence of the word *engaños* in the body of the work, to give it the title it bears today.

It is true, insofar as translation is concerned, that either *engaños* or *engañados* is acceptable; but if the latter is chosen, the title assumes a more realistic and personal note, one calculated, perhaps, to evoke wry humor in those who were "the deceived". The word *engañados* emphasizes the *raison d'être* of the book, *i. e.*, its power to entertain, since one can hardly accept seriously any didactive value in revealing the evil machinations of women. The present editor has continued the time-honored title bestowed upon this work by Amador de los Ríos.

The frontispiece of the present edition is a facsimile of the page upon which appears the word *engañados*, where may be observed not only this particular emendation, but also many others in the hand of a later scribe.

Scholars have not been able to determine with certainty whether *El libro de los engaños* passed quickly into oblivion or whether it survived long enough to exert some influence upon the development of early prose fiction in Spain. There is no mention of the work's existence anywhere in Spanish writing before 1863, when Amador de los Ríos made it known to the world in Volume III of his *Historia crítica de la literatura española* (pp. 536-41), giving credit for the actual discovery of the manuscript to Florencio Janer; but certain of the interpolated tales (called *enxenplos* in the book itself) appear thereafter in Spanish works of the Middle Ages, as well as in later times. Admittedly, such books as *El Conde Lucanor* and *El libro de los enxenplos por a. b. c.*, may have drawn from available sources other than Prince Fadrique's translation from the Arabic; but it is quite possible, and even probable, that a collection of lively tales, assembled at the court of King Ferdinand at a time when the interest in Arabic literature was high, attracted the attention of the erudite and had some influence upon their writing.

Aside from any effect the book may or may not have had upon Spanish fiction, it serves students of comparative literature in an important way: it is one of the purest surviving representatives of that group of tales generally called the *Book of Sindibad* and is probably one of the most direct descendants of the longlost original.

THE SINDIBAD TRADITION

The Old Spanish version belongs to the eastern branch of the very ancient and far reaching tradition of Sindibad which was part of an astonishingly vast body of stories assembled from folk sources and written in the Buddhistic literature of India about the sixth century B.C. The exact route followed by the *Book of Sindibad* in its westward progress has not been determined; but definite facts are known about another collection of tales, ultimately of Indian origin, which appeared in Spanish only two years before *El libro de los engaños*. This was a reworking of the Indian *Panchatantra*, translated from Arabic into Spanish with the title of *Calila e Dimna*. It is believed that the *Panchatantra* was written in Sanskrit about A.D. 500 and that it used as source material the stories already gathered by the Buddhists from the folklore of India. Somewhere around A.D. 570 a large body of tales from the *Panchatantra* was rendered into Pehlevi, the literary Persian of the day, at the behest of an enlightened monarch named Anuxirvan or Chosroes, who ruled A.D. 531-579. The collection reached literary Arabic about 750 in the form of a translation from the Pehlevi made by Abdallah ben Almoqaffa. Finally, Prince Alfonso caused the Spanish version to be made directly from the Arabic. Such is the history of *Calila e Dimna*. Since *El libro de los engaños* contains certain stories found in *Calila e Dimna*, as well as other indications of the same Indian origin, it would appear that the two works stem from a common tradition; and specialists in the field believe that both followed a similar route to the West where they may have arrived at approximately the same time.

All of the members of the eastern branch of the Sindibad tradition, although they differ as to arrangement of tales and even as to the stories themselves, are yet related by numerous common elements. It is apparent that all of these members stem from one common source. Those of the western branch, on the other hand, lack definite points of relationship and are therefore believed to be further removed from the ancient original.

In addition to the thirteenth century Spanish (see Bibl.), the eastern branch is represented by the following important versions: the Greek *Syntipas* (second half of the eleventh century) from a Syriac translation of an Arabic version; the Syriac *Sindban,* set down between the mid-eighth and mid-eleventh centuries, probably from an Arabic source; the Hebrew *Mischlè Sendabar* (first half of the thirteenth century), probably from an Arabic text; the Persian *Sindibad-nâmeh* written in poetry (1375) and based upon a Persian prose translation from the Arabic; the Persian version of Nachschebi (d. 1379) in the Eighth Night of his *Tûtî-nâmeh;* and the only Arabic survival, the episode of the Seven Viziers in *The Thousand and One Nights* (fourteenth century).

The western branch, whose origin is thought to be in a Byzantine reworking of the Hebrew version, probably reached Europe through the medium of returning Crusaders, pilgrims, or merchants. It flowed into Europe in two currents: the version of the *Seven Sages* and that of *Dolopathos.* All the major western languages lent themselves to translations in prose or in verse of one or the other or of both these versions. Spain has three renditions of the western branch, recently re-edited under one cover by González Palencia (see Bibl.), all from the fifteenth and sixteenth centuries.

ANALYSIS OF *EL LIBRO DE LOS ENGAÑOS*

King Alcos of Judea, disconsolate over his failure to have an heir, even though he has ninety wives, is approached one

night by the wife whom he loves most. At her suggestion
they beg God to send them a son, and in due time a son
is born. The court astrologers cast the infant's horoscope and
predict a long and happy life only if he can avoid a great
danger scheduled to befall him in his twentieth year. Alcos
places the child under the tutelage of a wise man named
Çendubete (Old Spanish for Sindibad) who promises to teach
him in six months what no one else can teach him in sixty
years. On the day before the prince is to return, educated,
to court, Çendubete casts his horoscope and learns that the
danger predicted twenty years before will destroy the prince
if he speaks during the next seven days. The prince agrees
to maintain silence, returns to court mute, to the consterna-
tion of all, while Çendubete wisely goes into hiding. One of
the king's younger wives, in whose person the wicked stepmother motif is emphasized, takes the prince to a private
apartment in an effort to draw him out of his silence. She
proposes that they murder the king, marry, and rule jointly.
This so angers the prince that for a moment he forgets the
vow of silence and threatens to expose the woman as soon
as he is permitted to speak at the end of the seven days. Rea-
lizing that she is doomed if he lives beyond this period, the
woman tells Alcos that his son has offered her violence. The
king, out of love for her and spurred on by her insistence
that the prince be executed, condemns his son to death. Seven
sages or *privados* (counselors) of the king decide that they
must prevent the execution, lest later, in a repentant mood,
the king blame them all for failing to advise him properly.
The sages come before the king, and each tells two tales or
enxenplos (except sage number three who tells only one)
to convince the king that he should spare his son. Of the
thirteen tales related by the sages, nine portray the wiles
of women, three show the danger that lies in action commit-
ted in anger or in haste, and one deals with a virtuous wife.
The stepmother, in turn, tells five stories depicting the

wickedness or carelessness of men, especially as regards the counselors of kings. While this battle of *enxenplos* rages, the prince's life hangs in the balance, for Alcos allows himself to be persuaded by each story, pardoning or sentencing his son after each relation. Finally, on the eighth day the prince breaks his silence, exposes his stepmother's perversity, and tells five stories that convince the assembled wisdom of the realm that Çendubete has succeeded in his instruction. Çendubete returns from hiding, receives a mild rebuke from Alcos, followed by honors. The evil stepmother is burned to death in a dry cauldron.

This is the general frame of all the versions of the eastern branch. *El libro de los engaños* differs from the related versions in that it names a king of Judea, while the others say that the story relates to a king of India or China, or name no country. [1] Comparetti suggests that the Spanish scribe copied Judea for India by mistake, and palaeographers admit the likelihood of this, in view of the similarity of the formation of the letters in the two words. The Spanish version with its twenty-three [2] stories contains a larger number of tales than does any other member of the eastern branch except the Greek *Syntipas* which contains twenty-four. The Spanish is one of the three of the eastern branch in which the stepmother is put to death: in all the others, except the Hebrew, she receives as punishment either public shame or mutilation.

THE MANUSCRIPT

Only one manuscript exists. Formerly the property of the Count of Puñonrostro, it is now a part of the archives of the Real Academia de la Lengua in Madrid. *El Libro de los engaños* is with four other works bound under one cover entitled *El Conde Lucanor, Ms. Antigua.* [3] The manuscript, according to Amador de los Ríos, Menéndez y Pelayo, and others, is of the fifteenth, and the interlinear emendations are in a sixteenth century hand. There is some reason to believe, however, that the two hands might better be dated in the fourteenth and fifteenth centuries respectively. The manuscript proper comprises folios 63r through 79v, is written in a clear minuscule hand on paper 25.5x19.8cc. with chapter headings in red ink. The emendations found written either interlinearly or in the margin in another hand are of some importance, since the editions of Bonilla y San Martín and of González Palencia are based upon these corrections which alter and emend the original text. The later scribe undertook to delete, change, or substitute some 270 words or passages in the work of his predecessor, and nearly all these changes are unnecessary. Amador de los Ríos, writing to Comparetti, best states the case touching these corrections. He remarks that the first scribe had himself probably altered the original and adds: "Pero, como si no bastara esto para disfigurar el original del siglo XIII., el poseedor u otro que lo leyo en el XVI., ha enmendado sin discreción ni criterio palabras y frases, a fin de hacerlo más accesible a la ignorancia." (Comparetti p. 68)

In the present edition I have followed faithfully the hand of the older scribe, hereafter called *A*, rather than the corrections made by the later scribe, hereafter designated as *B*. *B*, then, would seem to be a good deal farther removed from the original manuscript translated from the Arabic than is *A*, which though possibly faulty, is at least not so visibly altered as *B*.

With these facts in mind, the editor has undertaken to produce a text of *El libro de los engaños* with a twofold purpose: first, to provide an edition of the oldest existing form of the famous work; second, to furnish a usable text with glossary and notes for students enrolled in classes of mediaeval Spanish, comparative linguistics, or comparative literature. It is hoped that such a publication will help to fill the present great need for better editions of mediaeval Spanish works.

METHOD OF TRANSCRIPTION

The edition was transcribed from a clear photocopy of the manuscript. All punctuation (apostrophes, hyphens, diereses, word divisions, quotation marks, points of exclamation and interrogation, etc.) has been added by the editor for the sake of clarity and understanding in reading. All words are spelled as they appear in the manuscript, except for abbreviations, which have been resolved, and changes in spelling made to distinguish between *i* and *j* and *u* and *v*. Capitalization has been made to accord with modern Spanish usage.

The word *omne* has been printed throughout the text for the abbreviation *oṁe*, found in the manuscript.

PREVIOUS EDITIONS

Domenico Comparetti, in *Ricerche intorno al Libro di Sindibâd* appearing in the Transactions of the Istituto Lombardo for 1869, published the first edition of this work under the title *El libro de los engannos et los asayamientos de las mugeres*. He used a copy made of the manuscript by Amador de los Ríos. His edition purports to follow the older hand to the exclusion of the interlinear and marginal emendations; but a careful examination reveals that it has been based upon both hands with what apparently must have been further correction by Amador de los Ríos himself. In 1882 this study was translated for the Folk-Lore Society by Coote, under the direction of Comparetti, as *Researches Respecting the Book of Sindibâd*. It contains, besides the text of *El libro de los engannos et los asayamientos de las mu-*

geres, a translation of the Spanish version and a study of the eastern tradition.

Adolfo Bonilla y San Martín in 1904 published *Libro de los engaños e los asayamientos de las mugeres* for Biblioteca Hispánica. This edition, which follows strictly the emendations of *B*, to the absolute exclusion of the original of *A*, contains an introductory study of the versions of the Sindibad family. In footnotes the editor lists the words and phrases emended.

Angel González Palencia in 1946 published *Versiones castellanas del "Sendebar"*. He included in this work an edition of *El libro de los engaños e los asayamientos de las mugeres*, following, as in the case of his predecessor, the hand of the later scribe. There are footnotes giving the corrected forms of the older version and a prefatory treatment of the known versions of both the eastern and western branches according to Chauvin. The author also presents editions of the three Spanish representatives of the western current of the Sindibad tradition: *Nouella que Diego de Cañizares de latyn en romance declaro y traslado de un libro llamado "Scala Celi"* (fifteenth century); *Historia de los Siete Sabios de Roma* (1530); and *Historia lastimera del Principe Erasto* (1573), which contains only the four stories that are not found in any of the other Spanish versions.

EL LIBRO DE LOS ENGAÑOS

El ynfante don Fadrique, fijo del muy noble aventurado
e muy noble [1] rrey, don Ferrnando, de la muy santa rreyna
conplida de todo bien, doña Beatriz, por quanto nunca se
perdiese el su buen nonbre, oyendo las rrazones de los sabios,
que quien bien faze nunca se le muere el saber, [2] que ninguna
cosa non es [3] por aver [4] ganar la vida perdurable sinon profeçia, [5] pues tomo el la entençion en fin de los saberes: tomo
una nave enderesçada por la mar en tal que non tomo peligro en pasar por la vida perdurable. E el omne, [6] porque
es de poca vida e la çiençia es fuerte e luenga, non puede
aprender nin saber; mas cada uno aprende qual le es dada
e enbiada por la graçia que le es dada e enbiada de suso [7] de [8]
amor: profeçia [9] e fazer bien e merçed a los quel [10] aman.
Plogo e tovo por bien que aqueste libro [fuese trasladado] de
aravigo en castellano [11] para aperçebir a los engañados [12] e
los asayamientos de las mugeres.

Este libro fue trasladado en noventa e un años.

ENXENPLO DEL CONSEJO DE SU MUGER

Avia un rrey en Judea [13] que avia nonbre Alcos; [14] e este
rrey era señor de gran poder e amava mucho a los omnes
de su tierra e de su rregno e mantenialos en justiçia; e este
rrey avia noventa mugeres. Estando [15] todas, segun era ley,
non podia aver de ninguna dellas fijo; e do jazia [16] una noche
en su cama con una dellas, començo de cuydar que quien
heredaria su rregno despues de su muerte; e desi cuydo en
esto, [17] e fue [18] muy triste, e començo de rrebolverse en la
cama con muy mal [19] cuydado que avia; e a esto llego una
de sus mugeres, aquella quel mas queria, e era cuerda e entendida e aviala el provado en algunas cosas; e llegose a el
por quel [20] veye estar triste e dixol [21] que era onrrado e amado de los de su rregno e de los de su pueblo:

—¿Por que te veo estar triste e cuydado? Si es por miedo
o si te fize algun pesar, fazmelo saber e avere dolor contigo,
e si es otra cosa, non deves aver pesar tan grande, ca graçias
a Dios, amado eres de tus pueblos e todos dizen bien de ti
por el gran amor que te an; e Dios nunca te faga aver pesar
e ayades [22] la su bendiçion.

Estonçe dixo el rrey: —Piadosa, bienaventurada, nunca
quesiste nin quedeste [23] de me conortar e me toller [24] todo
cuydado quando lo avia; mas, — esto dixo el rrey — yo,
nin quanto poder he, nin quanto ay en mi rregno non podrian poner cobro en esto que yo esto triste. Yo querria dexar

para quando muriese heredero para que heredase el rregno. Por esto esto triste.

E la muger dixo: —Yo te dare consejo bueno a esto: rruega a Dios, quel que de todos bienes es conplido, ca poderoso es de te fazer e de te dar fijo, si le pluguiere; ca el nunca canso de fazer merçed, e nunca le demandaste cosa que la non diese; e despues quel sopiere que tan de coraçon
50 le rruegas, darte a fijo. Mas tengo por bien, si tu quesieres, que nos levantemos e rroguemos a Dios de todo coraçon e quel [25] pidamos merçed que nos de un fijo con que folguemos e finque [26] heredero despues de nos; ca bien fio por la su merçed, que si ge lo rrogamos, que nos lo dara; e si nos lo diere, devemosnos pagar e fazer el su mandado, e ser pagado del su juyzio, e entender la su merçed, e saber quel poder todo es de Dios e en su mano, e a quien quier toller, e quien quier matar. [27]

E despues que ovo dicho esto, pagose el dello e sopo que
60 lo que ella dixo era verdat; e levantaronse amos, e fizieronlo asi, e tornaronse a su cama; e yazio [28] con ella el rrey, e enpreñose luego; e despues que lo sopieron por verdat, loaron a Dios la merçed que les fiziera. E quando fueron conplidos los nueve meses, encaesçio [29] de un fijo saño; [30] e el rrey ovo gran gozo e alegria e mucho [fue] pagado del; e la muger loo a Dios por ende. Desi enbio el rrey por quantos sabios avia en todo su rregno que viniesen a el e que catasen la ora e el punto en que nasçiera su fijo; e despues que fueron llegados, plogole mucho con ellos e mandoles
70 entrar antel.

E dixoles: —Bien seades [31] venidos.

E estudo [32] con ellos una gran pieça, alegrandose e solazandose, e dixoles: —Vos otros sabios, fagavos saber que [33] Dios, cuyo nonbre sea loado, me fizo merçed de un fijo que me dio con que me esforçase mi braço e con que aya alegria, e graçias sean dadas a el por sienpre.— E dixoles: —Catad su estrella del mi fijo e vet que verna su fazienda.

E ellos cataronla e fizieronle saber que era de luenga vida
e que seria de gran poder, mas a cabo de veynte años quel
80   avia de conteçer con su padre[34] por que seria el peligro[35]
de muerte.

Quando oyo dezir esto, finco[36] muy espantado, ovo gran
pesar; e tornosele en alegria e dixo: —Todo es en poder de
Dios que faga lo quel toviere por bien.

E el ynfante creçio e fizose grande e fermoso, e diole
Dios muy buen entendimiento. En su tienpo non fue omne
nasçido tal commo el fue; e despues que el llego a edat de
nueve años, pusolo el rrey aprender quel[37] mostrasen escrevir fasta que llego a hedat de quinze años; e non aprendie
90   ninguna cosa; e quando el rrey lo oyo, ovo muy gran pesar
e demando por quantos sabios avia en su tierra; e vinieron
todos a el.

E dixoles: —¿Que vos semeja de[38] fazienda de mio fijo?
¿Non ay alguno de vos que le pueda enseñar? E dalle he
quanto el demandase, e avra sienpre mi amor.

Estonçes se levantaron quatro dellos que y[39] estavan, que
eran nueveçientos omnes, e dixo uno dellos: —Yo le enseñare de guisa que[40] ninguno non sea mas sabidor[41] quel.

E dixo el rrey estonçes a un sabio que le dezian Çendu-
100   bete: —¿Por que non le mostrase tu?

Dixo Çendubete: —Diga cada uno lo que sabe.

E desi fablaron en esto, e despues dixoles: —Sabedes[42]
al sinon esto, ca todo lo conosçere yo, y non curo ende nada,
ca ninguno non ay mas sabidor[43] que yo, e yo le quiero mostrar.— E dixo al rrey: —Dadmelo que yo pidiere que yo
le mostrare en seys meses, que ninguno non sea mas sabidor[44]
que el.

Estonçes dixo uno de los quatro sabios: —Atal es el que
dize e non faze commo el rrelanpago que non llueve; e pues,
110   ¿por que non le enseñaste tu ninguna cosa en estos años
que estuvo contigo, faziendote el rrey mucho bien?

El rrespondio: —Por la gran piedat que avia del non le pud [45] enseñar, que avia gran duelo [46] del a lo apremiar; porque cuydava buscar otro mas sabio que yo, pues que veo que ninguno non sabe mas que yo [47] mostrase.

E estonçes se levanto el segundo maestro. Dixo: —Quatro cosas son que omne entendido deve [48] loar fasta que vea el cabo dellas: lo primero, el comer, fasta que vea el cabo dello que lo aya espendido el estomago; e el que va a lydiar, 120 fasta que torne de la hedat; [49] la mies, [50] sea segada; e la muger, fasta que sea preñada. Por ende, non te devemos loar fasta que veamos por que: mostrar [51] tus manos, fazer algo de tu boca, [52] e dezir algo por que faras de su consejo e su coraçon.

E dixo Çendubete: —Que a en poder las manos con los pies, e el oyr e el veer, e todo el cuerpo, tal es el saber con el coraçon commo el musgaño [53] e el agua que salle de buena olor; otrosi el saber, quando es en el coraçon, faze bueno todo el cuerpo.

130 Dixo el terçero de los quatro sabios: —La cosa que non le tuelle [54] el estomago, despues come con sus manos, [55] que non aprende en ñiñez [56] saberes; [57] e la muger, quando a su marido non a miedo nin teme, nunca puede seer buena; el que dize la rrazon, si la non entiende nin la sabe que es, [58] nunca tiene seso[59] al que la oye, nin la puede despues entender. E tu, Çendubete, pues que non podiste enseñar al ñino en su ñinez, ¿commo le puedes enseñar en su grandeza?

Dixo Çendubete: —Tu veras, si Dios quesiere e yo bivo, que le enseñare en seys meses lo que non le enseñaria otrie 140 en setenta años.

E dixo el quarto de los maestros: —Sepades [60] que los maestros, quando se juntan, conosçen los unos a los otros; e desputeanse los unos a los otros; e las sabidurias que an, non conosçe uno a otro lo que dize.— E dixo: —¿Faras lo que tu dizes? Quiero que me emuestres rrazon commo puede seer que lo asi puedes fazer.

Dixo Çendubete: —Yo te lo mostrare.— Dixo: —Mostrarle e en seys meses lo que non le emostrara otro en sesenta años, por guisa que ninguno non sepa mas quel; e yo non
150 lo tardare mas de una ora, ca me fizieron entender que en qual quier tierra quel rregno fuese derechero, quel que non judgue los omnes que les libre por derecho, ge lo faga entender, e non aya consejo que emiende a lo que el rrey fiziere si lo provare la rriqueza, fue por un egualdat e el fisico fuere loçano con su fiesta que non la emuestres [61] a los enfermos bien commo tienen. [62] Si estas cosas fueren en la tierra, non devemos ay morar. Pues todo esto te he castigado yo otrie, [63] e te fiz [64] saber que los rreyes tales son commo el fuego: si te llegares a el, quemarte as, e si te arredrares, esfriarte as.
160 Quiero yo, señor, que si te yo mostrare tu fijo, que me des lo que yo demandare.

E el rrey dixo: —Demanda lo que quisieres; e si lo non [65] pudieres, [66] fazerlo he, que non a cosa peor que mentir mas que mas [67] a los rreyes. [68] —E el rrey dixo: [69] —Dime que quieres.

E dixo Çendubete: [70] —Tu non quieras fazer a otrie lo que non queries que fiziesen. [71]

E el rrey dixo: —Yo te lo otorgo.

E fizieron carta del pleyto, e amos pusieron en qual mes
170 e qual ora del dia se avia de acabar, e metieron en la carta quanto avia menester del dia. [72] Eran pasadas dos oras del dia, Çendubete tomo este dia el ñino por la mano, e fuese con el para su posada, e fizo fazer un gran palaçio fermoso de muy gran guisa, e escrivio por las paredes todos los saberes [73] quel [74] avia de mostrar e de aprender, todas las estrellas, e todas las feguras, e todas las cosas.

Desi dixole: —Esta es mi silla e esta es la tuya fasta que aprendas los saberes todos que yo aprendi en este palaçio. Desenbarga [75] tu coraço [76] e abiva tu engeño [77] e tu oyr e tu
180 veer.

E asentose con el a mostralle, e trayanles ally que comiesen e que beviesen, e ellos non salian fuera, e ninguno otro
non les entrava alla; e el ñino era de buen engeño [78] e de
buen entendymiento, de guisa que ante que llegase el plazo,
aprendio todos los saberes [79] que Çendubete, su maestro, avia
escripto del saber de los omnes. E el rrey demando por el
dos dias [80] del plazo.

Quando llego el mandadero [81] del rrey, dixole: —El rrey
te quiere tanto [82] que vayas antel.

190   Dixol: —Çendubete, [83] ¿que as fecho? ¿Que tienes? [84]

E Çendubete le dixo: —Señor, tengo lo que te plazera,
que tu fijo sera cras, dos oras pasadas del dia, contigo.

E el rrey le dixo: —Çendubete, nunca fallesçio [85] tal
omne commo tu [86] de lo que prometiste. Pues vete onrrado,
ca meresçes aver gualardon de nos.

E tornose Çendubete al ñiño e dixole: —Yo quiero catar
tu estrella. —E catola, e vio quel niño seria en gran cueyta
de muerte si fablase ante pasasen los siete dias; e fue Çendubete en gran cueyta e dixo al moço: —Yo he muy gran
200 pesar por el pleyto que con el rrey puse.

E el moço dixo: —¿Por que as tu muy gran pesar? Ca
si me mandas que nunca fable, nunca fablare; e mandame
lo que tu quesieres, ca yo todo lo fare.

Dixo Çendubete: —Yo fiz [87] pleyto a tu padre que te
vayas cras a el, e yo non le he de fallesçer [88] del pleyto que
puse con el. Quando fueren pasadas dos oras del dia, vete
para tu padre; mas non fables fasta que sean pasadas los
siete dias, e yo esconderme he en este comedio.

E quando amanesçio otro dia, mando el rrey guisar de
210 comer a todos los de su rregno, e fizoles fazer estrados do
estudiesen e menestryles que les tañyiesen delante; e començo el niño a venir fasta que llego a su padre; e el padre
llegole a si e fablole, e el moço non le fablo; e el rrey tovo
por gran cosa. Dixo al niño: —¿Do es tu maestro?— E el
rrey mando buscar a Çendubete, e sallieron los mandaderos [89]

por lo buscar e cataronlo a todas partes e non pudieron fallar. E dixo el rrey a los que estavan con el: —Quiça, por
aventura, ha de mi miedo e non osa fablar.

E fablaronle los consejeros del rrey, e el niño non fablo.

220   E el rrey dixo a los que estavan con el: —¿Que vos semeja de fazienda de este moço?

E ellos dixieron: —Semejanos que Çendubete, su maestro, le dio alguna cosa, [90] alguna melezina por que aprendiese
algun saber, e aquella melezina le fizo perder la fabla.

E el rrey lo tovo por gran cosa, e pesol [91] mucho de coraçon.

ENXENPLO DE LA MUGER EN COMMO APARTO AL YNFANTE EN EL PALACIO E COMMO, POR LO QUE ELLA LE DIXO, OLVIDO LO QUE LE CASTIGARA SU MAESTRO

El rrey avia una muger, la qual mas amava, e onrravala mas que [92] a todas las otras mugeres quel avia; e quando le dixieran commo le acaesçiera al niño, fuese para el rrey e dixo: —Señor, dixieronme lo que avia acaesçido a tu fijo. Por aventura, con gran verguença que de ti ovo, non te osa fablar; mas si quesieses dexarme con el aparte, quiça el me dira su fazienda, que solia fablar sus poridades comigo, lo que non fazia con ninguna de las tus mugeres.

E el rrey le dixo: —Lievalo a tu palaçio e fabla con el.

E ella fizolo asi, mas el ynfante non le rrespondie ninguna cosa quel [93] dixiese; e ella siguiolo mas e dixol: [94] —Non te fagas neçio, ca yo bien se que non saldras de mi mandado. Matemos a tu padre, e seras tu rrey e sere yo tu muger, ca tu padre es ya de muy gran hedat e flaco, e tu eres mançebo e comiençase el tu bien, e tu deves aver esperança en todos bienes mas que el.

E quando ella ovo dicho, tomo el moço gran saña; e estonçes se olvido de lo que le castigara su maestro e todo lo quel mandara, e dixo: —¡Ay, enemiga de Dios! ¡Si fuesen pasados los siete dias yo te rresponderia a esto que tu dizes!

Despues que esto ovo dicho, entendio ella que seria en peligro de muerte, e dio bozes e garpios, [95] e començo de mesar sus cabellos; e el rrey, quando esto oyo, mandola llamar e preguntole que que oviera. E ella dixo: —Este que dezides que non fabla me quiso forçar de todo en todo, e yo non lo tenia a el por tal.

E el rrey, quando esto oyo, creçiol [96] gran saña por matar su fijo, e fue muy bravo e mandolo matar; e este rrey avia siete pryvados mucho sus consejeros, de guisa que ninguna cosa non fazia menos de se consejar con ellos. Despues que vieron quel rrey mandava matar su fijo a menos [97] de su consejo, entendieron que lo fazia con saña porque creyera su muger.

E dixieron los unos a los otros: —Si a su fijo mata, mucho le pesara, e despues non se tornara sinon a nos todos, pues que tenemos alguna rrazon atal por que este ynfante non muera.

E estonçe rrespondio uno de los quatro maestros, e dixo: —Yo vos escusare, si Dios quisiere, de fablar con el rrey. —Este privado primero fuese para el rrey, e finco los ynojos ante el, e dixo: —Señor, non deve fazer ninguna cosa el omne fasta que sea çierto della; e si lo ante fizieres, errallo as mal, e dezirte he un enxenplo de un rrey e de una su muger.

E el rrey dixo: —Pues di agora e oyrtelo he.

El privado dixo: —Oy dezir que un rrey que amava mucho a las mugeres e non avia otra mala manera sinon esta; e seye [98] el rrey un dia ençima de un soberado muy alto; e miro ayuso e vido un muger muy fermosa, e pagose mucho della, e enbio a demandar su amor; e ella dixo que non lo podria fazer, seyendo su marido en la villa; e quando el rrey oyo esto, enbio a su marido a una hueste; e la muger era muy casta e muy buena e muy entendida.

E dixo: —Señor, tu eres mi señor e yo so tu sierva, e lo que tu quesieres, quierolo yo; mas yrme he a los vaños

afeytar. —E quando torno, diol [99] un libro de su marido en que avia leyes e juyzios de los rreyes de commo escarmentavan a las mugeres que fazian adulterio, e [100] dixo: —Señor,
290 ley por ese libro fasta que me afeynte. [101]

E el rrey abrio el libro e fallo en el primer capitulo commo devia el adulterio ser defendido, e ovo gran verguença, e pesol [102] mucho de lo quel quisiera fazer; e puso el libro en tierra e sallose [103] por la puerta de la camara, e dexo los arcorcoles so el lecho en que estava asentado; e en esto llego su marido de la hueste, e quando se asento el en su casa, sospecho que y durmiera el rrey con su muger, e ovo miedo e non oso dezir nada por miedo del rrey e non oso entrar do ella estava; e duro esto gran sazon, e la muger dixolo a sus
300 parientes que su marido que la avia dexado e non sabia por qual rrazon.

E ellos dixieronlo a su marido: —¿Por que non llegas a tu muger?

E el dixo: —Yo falle los arcolcoles del rrey en mi casa e he miedo, e por eso non me oso llegar a ella.

E ellos dixieron: —Vayamos al rrey, e agora demosle enxenplo de aqueste fecho de la muger, e non le declaremos el fecho de la muger; e si el entendido fuere, luego lo entendera.— Estonçes entraron al rrey e dixieronle: —Señor,
310 nos aviemos una tierra e diemosla a este omne bueno a labrar que la labrase e la desfrutase del fruto della; e el fizolo asi una gran sazon [104] e dexola una gran pieça por labrar.

E el rrey dixo: —¿Que dizes tu a esto?

E el omne bueno rrespondio e dixo: —Verdat dizen que me dieron una tierra asi commo ellos dizen; e quando fuy un dia por la tierra, falle rrastro del leon e ove miedo que me conbrie; por ende dexe la tierra por labrar.

E dixo el rrey: —Verdat es que entro el leon en ella, mas non te fizo cosa que non te oviese de fazer, nin te torno
320 mal dello; por ende toma tu tierra e labrala.

3

E el omne bueno torno a su muger e preguntole por que fecho fuera aquello, e ella contogelo todo e dixole la verdat commo le conteçiera con el; e el creyola por las señales quel [105] dixiera el rrey, e despues se fiava en ella mas que non dante.

ENXENPLO DEL OMNE, E DE LA MUGER, E DEL PAPAGAYO. E DE SU MOÇA

—Señor, oy dezir que un omne que era çeloso de su muger; e conpro un papagayo e metiolo en una jabla e pu-
330 solo en su casa, e mandole que le dixiese todo quanto viese fazer a su muger, e que non le encubriese ende nada; e despues fue su via a rrecabdar su mandado; e entro su amigo della en su casa do estava. El papagayo vio quanto ellos fizieron, e quando el omne bueno vino de su mandado, asentose [106] en su casa en guisa que non lo viese la muger; e mando traer el papagayo, e preguntole todo lo que viera; e el papagayo contogelo todo lo que viera fazer a la muger con su amigo; e el omne bueno fue muy sañudo contra su muger e non entro mas do ella estava; e la muger cuydo verdadera-
340 mente que la moça la descubriera, e llamola estonçes.

E dixo: —Tu dexiste a mi marido todo quanto yo fize.

E la moça juro que non lo dixiera: —Mas sabed que lo dixo el papagayo.

E quando vino la noche, fue la muger al papagayo e desçendiolo a tierra e començole a echar agua de suso commo que era luvia; e tomo un espejo en la mano e parogelo sobre la gabla, [107] e en otra mano una candela, e paravagelo de suso; e cuydo el papagayo que era rrelanpago; e la muger començo a mover una muela, e el papagayo cuydo que
350 eran truenos; e ella estuvo asi toda la noche faziendo asi fasta que amanesçio.

E despues que fue la mañana, vino el marido e pregunto al papagayo: —¿Viste esta noche alguna cosa?

E el papagayo dixo: —Non pud [108] ver ninguna cosa con la gran luvia e truenos e rrelanpagos que esta noche fizo.

E el omne dixo: —En [109] quanto me as dicho es verdat de mi muger commo esto, non a cosa mas mintrosa que tu, e mandarte e matar.— E enbio por su muger, e perdonola, e fizieron paz.

360   —E yo, señor, non te di este enxenplo sinon porque sepas el engaño de las mugeres, que son muy fuertes sus artes e son muchos, que non an cabo nin fin.

E mando el rrey que non matasen su fijo.

ENXENPLO DE COMMO VINO LA MUGER AL SEGUNDO DIA ANTE EL RREY LLORANDO E DIXO QUE MATASE SU FIJO

E dixo: —Señor, non deves tu perdonar tu fijo, pues fizo cosa por que muera; e si tu non lo mates e lo dexas a vida, aviendo fecho tal enemiga, [110] ca si tu non lo matas, non es-
370 carmentaria ninguna de fazer otro tal; e yo, señor, contarte e el enxenplo del curador de los paños e de su fijo.

Dixo el rrey: —¿Commo fue eso?

E ella dixo: —Era un curador de paños e avia un fijo pequeño. Este curador, quando avia de curar sus paños, levava consigo su fijo; e el niño [111] comença a jugar con el agua, e el padre non ge lo quiso castigar; e vino un dia quel niño se afogo; e el padre, por sacar el fijo, afogose el padre en el pielago; e afogaronse amos a dos. E señor, si tu non te antuvias [112] a castigar tu fijo ante que mas enemiga [113] te faga,
380 matarte a.

E el rrey mando matar su fijo.

DE COMMO VINO EL SEGUNDO PRIVADO ANTE EL
RREY POR ESCUSAR AL YNFANTE DE MUERTE

E vino el segundo privado, e finco los ynojos ante el rrey, e dixo: —Señor, si tu ovieses fijos, non devies querer mal a ninguno dellos. Demas que non as mas de uno señero, e mandaslo matar apriesa ante que sepas la verdat, e despues que lo ovieres fecho, arrepentirte as e non lo podras cobrar; e sera el tu enxenplo tal commo del mercador, e de la muger, e de la moça.

390

Dixo el rrey: —¿Commo fue eso?

—Digote, señor, que era un mercador muy rrico, e era señerigo [114] e apartado en su comer e en su bever; e fue en su mercaduria e levo un moço con el; e posaron en una çibdat muy buena; e el mercador enbio su moço a mercar de comer, e fallo una moça en el mercado que tenie dos panes de adargama, e pagose del pan, e conprolo para su señor e levolo; e pagose su señor de aquel pan.

E dixo el mercador a su moço: —Si te vala Dios, que me conpres de aquel pan cada dia si lo fallares.

400

E el moço yva cada dia a la moça e conpravale aquel pan e levavalo a su señor; e un dia fallo a la moça que non tenia pan, e tornose a su señor e dixo que non fallava de aquel pan; e dixo el mercador que demandase a la moça commo lo fazia aquel pan.

E el moço fue buscar a la moça e fallola e dixo: —Amiga, mi señor te quiere alguna cosa que quiere fazer.

E ella fue e dixo: —¿Que vos plaze?

E el mercador le pregunto: —Señora, ¿commo fazedes [115] 410 aquel pan?, e yo fare fazer otro tal.

E ella dixo: —Amigo señor, salieron unas anpollas a mi padre en las espaldas; e el fesigo [116] nos dixo que tomasemos farina de adargama, e que la amasasemos con manteca e con miel, e que ge la pusiesemos en aquellas anpollas, e quando uviesemos lavado e enxugado toda la podre, que ge la tirasemos; e yo tomava aquella masa en escuso e faziala pan, e levavalo aquel mercado a vender, e vendiola; e loado Nuestro Señor es ya sano, a dexamoslo de fazer.

E el mercador dio grandes bozes del gran asco que avia 420 de aquel pan que avia comido; e quando vido que provecho ninguno non tenia, dixo contra su moço: —¡Mezquino! ¿Que fare? ¡Que busquemos con que lavemos nuestras manos, e nuestros pies, e nuestras bocas, e nuestros cuerpos! ¿Commo los lavaremos?

—E señor, si tu matas tu fijo, miedo he que te arrepentiras commo el mercador; e señor, non fagas cosa por que te arrepientas, fasta que seas çierto della.

ENXENPLO DEL SEÑOR, E DEL OMNE, E DE LA MUGER, E DEL MARIDO DE LA MUGER, COMMO SE AYUNTARON TODOS

—Señor, fizieronme entender de los engaños de las mugeres. Dize que era una muger que avia un amigo que era privado del rrey, e avia aquella çibdat de mano del rrey en poder; e el amigo enbio a un su omne a casa de su amiga que supies [117] si era y [118] su marido; e entro aquel omne, e pagose del, e el della, porque era fermoso; e ella llamolo que jaziese [119] con ella, e el fizolo asi; e vio que tardava su señor el mançebo, e fue a casa del entendedera, [120] e llamo.

E dixo el mançebo: [121] —¿Qué fare de mi?

E ella dixo: —Ve e escondete aquel rryncon.

E el señor del entro a ella, e non quiso quel amigo entrase en el rryncon con el mançebo; e en esto vino el marido e llamo a la puerta.

E dixo al amigo: —Toma tu espada en la mano, e parate a la puerta del palaçio, e amenazame, e ve tu carrera e non fables ninguna cosa.

E el fizolo asi, e fue e abrio la puerta a su marido; e quando vio su marido estar el espada sacada al otro en la mano, fablo e dixo: —¿Ques esto?—E el non rrespondio nada, e fue su carrera; e el marido entro al palaçio a su muger e dixo: —¡Ay maldita de ti! ¿Que ovo este omne contigo, que te salle denostando e amenazando?

E ella dixo: —Vino ese omne fuyendo con gran miedo del, e fallo la puerta abierta; e entro su señor en pos del por lo matar, e el dando bozes quel [122] acorriese; e despues quel se arrimo a mi, pareme ante el, e apartelo del que non lo matase; e por esto va de aqui denostando e amenazandome; ¡mas si me vala Dios, non me ynchala! [123]

El marido dixo: —¿Do esta este mançebo?

460 —En aquel rryncon esta.

E el marido salio a la puerta por ver si estava el señor del mançebo, o si era ydo; e quando vio que non estava alli, llamo al mançebo e dixo: —Sal aca, que tu señor ydo es su carrera.— E el marido se torno a ella bien pagado e dixo: —Feziste a guisa de buena muger, e feziste bien, e gradescotelo mucho.

—E señor, non te di este enxenplo sinon que non mates tu fijo por dicho de una muger, ca las mugeres ayuntadas en si an muchos engaños. [124]

470 E mando el rrey que non matasen su fijo.

ENXENPLO DE COMMO VINO LA MUGER AL RREY AL TERÇERO DIA DIZIENDOLE QUE MATASE SU FIJO

E vino la muger al terçero dia, e lloro e dio bozes ante el rrey, e dixo: —Señor, estos tus privados son malos, e matarte an asi commo mato un privado a un rrey una vez.

E el rrey dixo: —¿Commo fue eso?

E ella dixo: —Era un rrey, e avia un fijo que amava mucho caçar; e el privado fizo en guisa que fuese a su padre e pidiese liçençia que les dexase yr a caça; e ellos ydos amos

480 a dos, traveso un venado delante.

E dixole el privado al niño: —Ve en pos de aquel venado fasta que lo alcançes e lo mates, e levarlo as a tu padre.

E el niño fue en pos del venado atanto que se perdio de su conpaña; e yendo asi, fallo una senda, e ençima de la senda fallo una moça que llorava.

E el niño dixo: —¿Quien eres tu?

E la moça dixo: —Yo so fija de un rrey de fulana [125] tierra, e venia cavallera en un marfil con mis parientes; e tomome sueño e cay del, e mis parientes non me vieron;

490 e yo desperte e non sope por do yr, e madrugando en pos dellos fasta que perdi las pies. [126]

E el niño ovo duelo della e levola en pos de si; e ellos yendo asi, entraron en una aldea despoblada.

E dixo la moça: —Desçendeme aqui, que lo he menester, e venirme he luego para ti.

E el niño fizolo asi, e ella entro en el casar e estuvo una gran pieça; e quando vio el niño que tardava, desçendio de su cavallo, e subio en una pared, e paro mientes e vio que era diabla que estava con sus parientes.

500   E deziales: —Un moço me traxo en su cavallo, e felo aqui do lo traygo.

E ellos dixieron: —Vete adelante con el a otro casar fasta que te alcançemos.

E quando el moço esto oyo, ovo gran miedo; e desçendio de la pared e salto en su cavallo; e la moça vinose a el e cavalgola en pos del, e començo a tremer con el miedo della.

E ella dixo: —¿Que as que tremes?

E el le dixo: —Espantome de mi conpañero, que he
510   miedo que me verna del mal.

E ella dixo: —¿Non lo puedes tu adobar con tu aver que tu te alabaste que eres fijo de rrey e que tenia gran aver de tu padre?

El le dixo: —Non tiene aver.

—¿E mas te alabaste que eras rrey e gran prynçipe?— E el diablo le dixo: —Ruega a Dios que te ayude contra el, e seras librado.

E dixo el: —Verdat dizes, e fazerlo he.— E alço sus manos contra Dios e dixo: —Ay, Señor Dios, rruegote e
520   pidote por merçed que me libres deste diablo e de sus conpañeros.

E cayo el diablo detras e començo enbarduñar en tierra, e queriese levantar e non podie; e estonçes começo el moço a correr quanto podie fasta que llego al padre, muerto de sed, e era mucho espantado de lo que viera.

—E señor, non te di este enxenplo sinon que non te esfuerçes en tus malos pryvados. Si non me dieres derecho de quien mal me fizo, yo me matare con mis manos.

E el rrey mando matar su fijo.

ENXENPLO DEL TERÇERO PRIVADO, DEL CAÇADOR E DE LAS ALDEAS

E vino el terçero privado ante el rrey, e finco los ynojos antel, y dixo: —Señor, de las cosas, quando el omne non para mientes en ellas, viene ende grande daño; e es atal commo el enxenplo del caçador e de las aldeas.

E dixo el rrey: —¿Commo fue eso?

Dixo el: —Oy dezir que un caçador que andava caçando por el monte, e fallo en un arbol un enxanbre; e tomola e metiola en un odre que tenia para traer su agua; e este caçador tenia un perro e trayalo consigo; e traxo la miel a un mercador de un aldea que era açerca de aquel monte para la vender. E quando el caçador abrio el odre para lo mostrar al tendero, e cayo del una gota, e posose en el una abeja; e aquel tendero tenia un gato, e dio un salto en el abeja e matola; e el perro del caçador dio salto en el gato e matolo; e vino el dueño del gato e mato al perro; e estonçes levantose el dueño del perro e mato al tendero por quel [127] matara al perro; e estonçes vinieron los del aldea del tendero e mataron al caçador e al dueño [128] del perro; e vinieron los del aldea del caçador a los del tendero, e tomaronse unos con otros e mataronse todos, que non finco y [129] ninguno; e asi se mataron unos con otros por una gota de miel.

E señor, non te di este enxenplo sinon que non mates tu fijo fasta que sepas la verdat, por que non te arrepientas.

ENXENPLO DE COMMO VINO LA MUGER E DIXO QUE MATASE EL RREY A SU FIJO, E DIOLE ENXENPLO DE UN FIJO DE UN RREY E DE SU PRIVADO COMMO LO ENGAÑO

560   E dixo la muger: —Era un rrey e avia un privado e avia un fijo; e casolo con fija de otro rrey; e el rrey, padre de la ynfanta, enbio dezir al otro rrey: —Enbiame tu fijo e faremos bodas con mi fija, e despues enbiarte mandado.

E el rrey mando guisar[130] su fijo muy bien e que fuese fazer sus bodas, e que estudiese[131] con ella quanto quisiese; e desi enbio el rrey aquel privado con su fijo; e asi fablando uno con otro, alongaronse mucho de su conpaña, e fallaron una fuente, e avia tal virtud que qual quier omne que beviese della, que luego se tornava muger; e el privado sabia 570 la virtud que tenia la fuente e non lo quiso dezir al ynfante.

E dixo: —Esta aqui agora fasta que vaya a buscar carrera.

E fallo el la carrera andandola a buscar. Fuese[132] para ella e fallo al padre del ynfante.

E el rrey fue muy mal espantado, e dixo: —¿Commo vienes asi sin mi fijo, e que fue del?

E el privado dixo: —Creo que lo comieron las bestias fieras.

E quando vio el ynfante que tardava el privado e que non tornava por el, desçendio a la fuente a lavar las manos 580 e la cara; e bevio del agua e fizose muger; e estuvo en guisa que non sabia que fazer ni que dezir nin do yr; e a esto llego a el un diablo, e dixo que quien era.

E el le dixo: —Fijo de un rrey de fulana [133] tierra.

E dixole el nonbre derecho, e catol [134] la falsedat que le fiziera el privado de su padre; e el diablo ovo piedat del porque era tan fermoso.

E dixole: —Tornarme he yo dueña commo tu eres, e a cabo de quatro meses tornarme he commo dantes era.

E el ynfante lo oyo, e fizieron pleyto e fue; y [135] el 590 diablo otrosi vino en lugar de muger preñada.

E dixo el diablo: —Amigo, tornate commo dante, e yo tornarme he commo ante era.

E dixo el ynfante: —¿Commo me tornare yo asi?, que quando yo te fiz [136] pleyto e omenaje, yo era donzella e virgen, e tu eres agora muger preñada.

E estonçes se rrazono el ynfante con el diablo ante sus alcalles, e fallaron por derecho que vençiera el ynfante al diablo. Estonçes se torno el ynfante omne e fuese para su muger, e levola para casa de su padre e contogelo todo 600 commo le acaesçiera; e el rrey mando matar al pryvado porque dexara al ynfante en la fuente; e por ende yo he fiuza que me ayudara Dios contra sus malos privados.

E el rrey mando matar su fijo.

ENXENPLO DEL QUARTO PRIVADO E DEL
BAÑADOR E DE SU MUGER

E vino el quarto privado, e entro al rrey, e finco los
ynojos ante el rrey, e dixo: —Señor, non deve fazer omne
en ninguna cosa fasta que sea bien çierto de la verdat, ca
quien lo faze ante, ante que sepa la verdat, yerra e faze muy
610 mal, commo acaesçio a un bañador que se arrepyntio quando
non le tovo pro.

E el rrey le pregunto: —¿Commo fue eso?

Dixo: —Señor, fue un ynfante un dia por entrar en el
baño; e era mançebo e era tan grueso que non podia ver sus
mienbros por do era; e quando se descubrio, violo el vañador e començo a llorar.

E dixole el ynfante: —¿Por que lloras?

E dixo: —Por tu ser fijo de rrey commo lo eres, e non
aviendo otro fijo sinon a ti, e non ser señor de tus mienbros
620 asi commo son otros varones, ca yo bien creo que non puedes jazer [137] con muger.

E el ynfante le dixo: —¿Que fare yo que mi padre me
quiere casar? Non se si podre fazimiento [138] con muger.—
E el ynfante dixo: —Toma agora diez maravedis e veme
a buscar una muger fermosa.

E el vañador dixo en su coraçon: "Terne estos diez maravedis e entre mi muger con el, ca bien se que non podra
dormir con ella." E estonçes fue por ella, e el ynfante durmio

con ella; e el vañador começo de atalear [139] commo yazia
630 con ella, con su muger. [140]

Riose, [141] e el vañador fallose ende mal e dixo: —¡Yo
mesmo me lo fize!— E estonçes llamo su muger e dixo:
—Vete para casa.

E ella dixo: —¿Commo yre? ca le fiz [142] pleyto que
dormiria con el toda esta noche.

E quando el esto oyo, con cueyta e con pesar fuese a
enforcar, e asi se mato.

—E señor, non te di este enxenplo sinon que non mates
tu fijo.

ENXENPLO DEL OMNE, E DE LA MUGER, E DE LA
VIEJA E DE LA PERRILLA

—Señor, oy dezir que un omne e su muger fizieron pleyto e omenaje que se toviesen fieldat; e el marido puso plazo
a que viniese, e non vino el; e estonçes salio a la carrera,
e estando asi, vino un omne de su carrera e viola; e pagose
della e demandole su amor; e ella dixo que en ninguna guisa
que lo non faria. [143] Estonçes fue a una vieja que morava
çerca della, e contogelo todo commo le contesçiera con aquella muger, e rrogole que ge la fiziese aver e que le daria
650 quanto quisiese; e la vieja dixo que le plazie e que ge la
faria aver; e la vieja fuese a su casa, e tomo miel e masa e
pymienta, e amasola toda en uno, e fizo della panes. Estonçes fuese para su casa de aquella muger, e llamo una perrilla
que tenie, e echole de aquel pan en guisa que non lo viese
la muger; e despues que la perrilla lo comio, empeço de yr
tras la vieja falagandosele que le diese mas, e llorandole los
ojos con la pimienta que avie en el pan.

E quando la muger la vio asi, maravillose e dixo a la
vieja: —Amiga, ¿viestes llorar asi a otras perras asi commo
660 a esta?

Dixo la vieja: —Faze derecho, que esta perra fue muger
e muy fermosa, e morava aqui cabo mi; e enamorose un
omne della, e ella non se pago del; e estonçes maldixola
aquel omne que la amava, e tornose luego perra; e agora
quando me vio, menbrosele della e començose de llorar.

4

E estonçes dixo la muger: —¡Ay mezquina! ¿Que fare yo?, que el otro dia me vio un omne en la carrera e deman-dome mi amor, e yo non quis; [144] e agora he miedo que me tornare perra si me maldixo; e agora ve e rruegal [145] por mi
670 que le dare quanto el quesiere.

Estonçes dixo la vieja: —Yo te lo traere.

E estonçes se levanto la vieja e fue por el omne; e levan-tose la muger e afeytose; e estonçes se asomo a casa de la vieja a si avia fallado aquel omne que fuera a buscar.

E la vieja dixo: —Non lo puedo fallar.

E estonçes dixo la muger: —Pues, ¿que fare yo?

Estonçes fue la vieja e fallo al omne e dixo: —Anda aca, que ya fara la muger todo, todo quanto yo quisiere.

E era el omne su marido, e non lo conosçia la vieja [146]
680 que venia estonçes de su camino.

E la vieja dixo: —¿Que daras que [147] buena posada te diere, e muger fermosa, e buen comer e buen bever, si quie-res tu?

E el dixo: —¡Par Dios, si querria!

E fuese ella delante e el en pos della, e vio que lo levava a su casa, e sospecho que lo levava a su casa e para su muger mesma, e sospecho que lo fazia asi todavia [148] quando el sa-liera de su casa.

E la vieja mala entro en su casa e dixo: —Entrad.— Des-
690 pues quel omne entro, dixo: —Asentadvos aqui.

E catole al rrostro, e quando [149] vio que su marido era, non sopo al que fazer sinon dar salto en sus cabellos, e dixo: —¡Ay, don putero malo! ¿Esto es lo que yo e vos pusiemos e el pleyto e omenaje que fiziemos? Agora veo que guarda-des [150] las malas mugeres e las malas alcauetas.

E el dixo: —¡Guay [151] de ti! ¿Que oviste comigo?

E dixo su muger: —Dixieronme agora que vinies; [152] e afeyteme, e dixe a esta vieja que saliese a ti, por tal que te provase si usava las malas mugeres, e veo que ayna seguiste

700 la alcaueteria. ¡Mas jamas nunca nos ayuntaremos, nin llegares mas a mi!

E dixo el: —Asi me de Dios su graçia e aya la tuya
commo non cuyde que me traya a otra casa sinon la tuya
e mia, sinon fueras [153] con ella, e aun pesome mucho quando
me metio en tu casa, que cuyde que esto mesmo faras [154] con
los otros.

E quando ovo dicho, rrascos [155] en su rrostro e rronpiolo
todo con sus manos, e dixo: —¡Bien se que esto cuydaries
tu de mi!

710 E ensañose contra el, e quando vio que era sañosa, començola de falagar e de rrogar quel [156] perdonase; e ella non
lo quiso perdonar fasta quel [157] diese gran algo; e el mandole
en arras un aldea que avia.

E señor, non te di este enxenplo sinon [que non mates tu
fijo por] aquel engaño de las mugeres que non an cabo nin fin.

ENXENPLO DE COMMO VINO AL QUINTO DIA
LA MUGER E DIO ENXENPLO DEL
PUERCO E DEL XIMIO

720 E vino la muger al quinto dia e dixo al rrey: —Si me non das derecho de aquel ynfante, e veras que pro ternan estos tus malos privados. Despues que yo sea muerta, veremos que faras con estos tus consejeros; e quando ante Dios fueres, ¿que diras, faziendo atan gran tuerto en dexar a tu fijo a vida e non querer fazer del justiçia, e commo lo dexas a vida por tus malos consejeros e por tus malos privados, e dexas de fazer lo que tiene pro en este siglo? Mas yo se que te sera demandado ante Dios; e dezirte lo que acaesçio a un puerco una vez.

Dixo el rrey: —¿Commo fue eso?

730 —Digote, señor, que era un puerco, e yazia sienpre so una figuera e comia sienpre de aquellos figos que cayen della; e vino un dia a comer e fallo ençima a un ximio comiendo figos; e el ximio, quando vido estar al puerco en fondon de la figuera, echol [158] un figo; e comiolo e sopole mejor que los quel fallava en tierra; e alçava la cabeça a ver si le echaria mas; e el puerco e el [159] estando asi atendiendo al ximio, fasta que se le secaron las venas del pezcueço e murio de aquello.

E quando esto ovo dicho, ovo miedo el rrey que se mata-
740 ria con el tosigo [160] que tenia en la mano, e mando matar su fijo.

ENXENPLO DEL QUINTO PRYVADO E DEL PERRO
E DE LA CULEBRA E DEL NIÑO

E vino el quinto privado ante el rrey e dixo: —Loado sea Dios. Tu eres entendido e mesurado, e tu sabes que ninguna cosa [deve fazerse] apresuradamente ante que sepa [161] la verdat, [162] e si lo fiziere, [163] fara locura, e quando lo quisiere emendar, non podra; e conteçerle a asi commo a un dueño de un perro una vez.

750 E dixo el rrey: —¿Commo fue eso?

E el dixo: —Señor, oy dezir que un omne que era criado de un rrey, e aquel omne avia un perro de caça muy bueno e mucho entendido, e nunca le mandava fazer cosa que la non fiziese; e vino un dia que su muger que fue [164] veer sus parientes, e fue con ella toda su conpaña.

E dixo ella a su marido: —Sey con tu fijo que yaze durmiendo en la cama, ca non tardare alla, ca luego sere aqui.

El omne asentose cabo su fijo; el seyendo alli, llego un omne de casa del rrey quel [165] mandava llamar a gran priesa;

760 e el omne bueno dixo al perro: —Guarda bien este niño, e non te partes del fasta que yo venga.

E el omne çerro su puerta e fuese para el rrey; e el perro yaziendo çerca del niño, vino a el una culebra muy grande e quisolo matar por el olor de la leche de la madre; e quando la vio el perro, dio salto en ella e despedaçola toda; e el omne torno ayna por amor de su fijo que dexava solo,

e quando abrio la puerta, abriendola salio el perro a falagarse a su señor por lo que avia fecho, e traya la boca e los pechos sangrientos; e quando lo vio tal, cuydose que avia matado [166]
770　su fijo, e metio mano a un espada e dio un gran golpe al perro e matolo; e fue mas adelante a la cama e fallo su fijo durmiendo e la culebra despedaçada a sus pies; e quando esto vio, dio palmadas en su rrostro e rronpioselo, e non pudo al fazer; e tovose por mal andante que lo avia errado.

—E señor, non te conteza atal en tus fechos, ca despues non te podras arrepentir. Non mates tu fijo, que los engaños de las mugeres non an cabo nin fin.

ENXENPLO DE LA MUGER E DEL ALCAUETA, DEL OMNE E DEL MERCADOR, E DE LA MUGER QUE VENDIO EL PAÑO

780

—Señor, oy dezir que avia un omne que quando oya fablar de mugeres, que se perdia por ellas [167] con cueyta de las aver; e oyo dezir de una muger fermosa, e fuela buscar, e fallo el logar donde era; e estonçe fue a un alcaueta e dixole que moria por aquella muger.

E dixo la vieja alcaueta: —Non fiziestes nada en venir aca, que es buena muger; e non ayas fiuza ninguna en ella, si te vala Dios.

E el le dixo: —Faz en guisa que la aya, e yo te dare quanto tu quisieres.

E la vieja dixo que lo faria, si pudiese: —Mas,—dixo,— ve a su marido que es mercador, si le puedes conprar de un paño que trae cubierto.

E el fue al mercador e rrogogelo que ge lo vendiese; e el ovogelo mucho a duro de vender; e aduxolo [168] a la vieja, e tomo el paño e quemolo en tres lugares.

E dixo: —Estate aqui agora en esta mi casa, que non te vea aqui ninguno.

E ella tomo el paño, e doblolo e metiolo so si, e fue alli do seye la muger del mercador; e fablando con ella, metio el paño so el cabeçal, e fuese; e quando vino el mercador, tomo el cabeçal para se asentar, e fallo el paño; e tomolo

e cuydo quel que lo mercara que era amigo de su muger
e que se le olvidara alli el paño; e levantose el mercador
e firio a su muger muy mal, e non le dixo por que nin por
que non, e levo el paño en su mano; e cubrio su cabeça la
muger e fue para casa de sus parientes; e sopolo la vieja
alcaueta, e fuela ver.

E dixo: —¿Por que te firio tu marido de balde?

810   E dixo la buena muger: —Non se, a buena fe.

Dixo la vieja: —Algunos fechizos te dieron malos; mas
amiga, ¿quieres que te diga verdat? Darte e buen consejo.
En mi casa ay un omne de los sabios del mundo, e si que-
sieredes yr a ora de biesperas comigo a el, el te dara consejo.

E la buena muger dixo que le plazia; e venida fue la ora
de biesperas; e vino la vieja por ella, e levola consigo para
su casa, e metiola en la camara adonde estava aquel omne;
e levantose a ella e yazio con ella; e la muger, con miedo
e con verguença, e callose; e despues quel omne yazio con
820   ella, fuese para sus parientes.

E el omne dixo a la vieja: —Gradescotelo mucho, e darte
e algo.

E dixo ella: —Non ayas tu cuydado, que lo que tu feziste
yo lo adure [169] a bien, mas ve tu via e fazte pasadizo por
su casa do esta su marido, e quando el te viere, llamarte a e
preguntarte a por el paño, que que lo feziste; e tu dile que
te poseste cabo el fuego e que se te quemo en tres lugares,
e que lo diste a una vieja que lo levase a sorsir, e que lo non
viste mas nin sabes del; e fazerme e yo pasadiza por ay, e
830   di tu: "Aquella di yo el paño." E llamame, ca yo te escusare
de todo.

Estonçes fue e fallo al mercador, e dixo: —¿Que feziste
[d]el paño que te yo vendi?

E dixo el: —Asenteme al fuego e non pare mientes, e
quemoseme en tres lugares, e dilo a una vieja, mi vezina,
que lo levase a sorsir, e non lo vi despues.— E ellos estando
en esto, llego la vieja, e llamola e dixo al mercador: —Esta

es la vieja a quien yo di el paño.—E llamola e dixo que que fiziere [d]el paño.

840   E ella dixo: —A buena fe, si me vala Dios, este mançebo me dio un paño a sorsir, e entre con ello so mi manto en tu casa, e en verdat non se si me cayo en tu casa o por la carrera.

E dixo: —Yo lo falle. Toma tu paño e vete en buena ventura.

Estonçes fue el mercador a su casa e enbio por su muger a casa de sus parientes e rrogola quel[170] perdonase; e ella fizolo asi.

E señor, non te di este enxenplo sinon que sepas quel
850 engaño de las mugeres ques muy grande e sin fin.

E el rrey mando que non matasen su fijo.

ENXENPLO DE COMMO VINO LA MUGER AL SESCITO DIA E DIOL ENXENPLO DEL LADRON E DEL LEON, EN COMMO CAVALGO EN EL

E vino la muger al sescito dia e dixo al rrey: —Yo fio en Dios que me anparara de tus malos privados commo anparo una vez un omne de un leon.

E el rrey dixo: —¿Commo fue eso?

E ella dixo: —Pasava un gran rrecuero por cabo de un 860 aldea; e entro en ella un gran ladron e muy malfechor; e ellos yendo asi, tomoles la noche, e llovio sobre ellos muy gran luvya.

E dixo el rrecuero: —Paremos mientes en nuestras cosas. Non nos faga algund mal el ladron.

E a esto vino un ladron e entro entre las bestias; e ellos non lo vieron con la gran escuredat; e começo de apalpar qual era la mas gruesa para levarla e puso la mano sobre un leon e non fallo ninguna mas gruesa nin de mas gordo pezcueço que el; e cavalgo en el.

870 E dixo el leon: —Esta es la tenpestad que dizen los omnes.

E corrio con el toda la noche fasta la mañana; e quando se conosçieron el uno al otro, avianse miedo; e el leon llego a un arbol muy cansado; e el ladron travose a una rrama e subiose al arbol con gran miedo del leon; e el leon fuese muy espantado e fallose con un ximio.

El dixol: [171] —¿Que as, leon, e commo vienes asi?

E el leon dixo: —Esta noche me tomo la tenpestad e cavalgo en mi. Fasta en la mañana nunca canso de me correr.

El ximio le dixo: —¿Do es aquella tenpestad?

880   E el leon le mostro el omne ençima del arbol; e el ximio subio ençima del arbol; e el leon atendio por oyr e veer que faria; e el ximio vio que era omne e fizo señal al leon que viniese, e el leon vino corriendo; e estonçes abaxose un poco el omne, e echol [172] mano de los cojones [173] del ximio e apretogelos tanto fasta que lo mato; e echolo al leon; e desi quando el leon esto vido, echo a foyr.

E dixo: —¡Loado sea Dios que me escapo desta tenpestad!

E dixo la mujer: —Fio por Dios que me ayudara contra tus malos privados, asi commo ayudo al ladron contra el 890 ximio.

E el rrey mando matar su fijo.

ENXENPLO DEL SETENO PRIVADO, DEL PALOMO E
DE LA PALOMA QUE AYUNTARON EN
UNO EL TRIGO EN SU NIDO

E vino el seteno privado, e finco los ynojos ante el rrey, e dixo: —Si fijo non ovieses, devies rrogar a Dios que te lo diese. Pues, ¿commo puedes matar este fijo que Dios te dio, e non aviendo mas deste? Ca si lo matas, fallarte as ende mal, commo se fallo una vez un palomo.

900 Dixo el rrey: —¿Commo fue eso?

—Señor, era un palomo e una paloma e moravan en un monte e avian y [174] su nido; e en el tienpo del agosto cogieron su trigo e guardaronlo en su nido; e fuese el palomo en su mandado, e dixo a la paloma que non comiese del trigo grano mientras que durase el verano.

—Mas, —dixole—, vete a esos canpos e come deso que fallaras e quando viniere el yvierno, comeras del trigo e folgaras.

E despues vinieron las grandes calores, e secaronse los 910 granos, e encogieronse, e pegaronse.

E quando vino el palomo, dixo: —¿Non te dixe que non comieses grano, que lo guardases para el yvierno?

E ella jurole que non comiera grano, nin lo començara poco nin mucho; e el palomo non lo quiso creer e començola de picar e de ferirla de los onbros e de las alas atanto que la mato; e paro mientes el palomo al trigo e vio que creçia con el rrelente e que non avia menos nin mas; e el fallose mal porque mato a la paloma.

—E señor, he miedo que te fallaras ende mal, asi commo se fallo este palomo, si matas tu fijo, quel engaño de las mugeres es la mayor cosa del mundo.

ENXENPLO [175] DEL MARIDO E DEL SEGADOR, E DE LA MUGER, E DE LOS LADRONES QUE LA TOMARON A TRAYÇION

—Señor, oy dezir un enxenplo de un omne e de una muger; e moravan en un aldea, e el omne fue arar; e la muger fizole de comer de panizo un pan, e levogelo a do arava; e yendo por ge lo dar, dieron salto en ella los ladrones e tomaronle el panizo; e uno de los ladrones fizo una ymagen de marfil por escarnio, e metiola en la çesta; e ella non lo vio; e dexaronla yr, e fuese para su marido; e quando abrio el marido la çesta, vio aquello.

—¿Que aqui traes? [176]

E ella cato e vio que los ladrones lo avian fecho, e ella dixo: —Ensonava[177] esta noche entre sueños que estavas ante un alfayate e que te pesava muy mal; e estonçes fui a unos omnes que me lo ensolviesen este ensueño, e ellos me dixieron que fiziese una ymagen de panizo e que la comiese, e que serias librado de quanto te podria venir.

E este ensueño dixo el marido que podria ser verdat.

E tal es el engaño e las artes de las mugeres que non han cabo nin fin.

ENXENPLO DE COMMO VINO LA MUGER AL SETENO DIA ANTEL RREY, QUEXANDO, E DIXO QUE SE QUERIA QUEMAR; E EL RREY MANDO MATAR SU FIJO APRIESA ANTES QUELLA SE QUEMASE

E quando vino al seteno dia, dixo: "Si este mançebo oy non es muerto, oy sere descubierta". E esto dixo la muger: "Non ay al sinon la muerte".

950 Todo quanto aver pudo, diolo por Dios a pobres, e mando traer mucha leña, e asentose sobre ella, e mando dar fuego en derredor, e dizir que se queria quemar ella; e el rrey, quando esto oyo, ante que se quemase, mando matar al moço.

Llego el seteno privado, e metiose delante del moço e de aquel quel [178] queria matar, e omillose al rrey, e dixo: —Señor, non mates tu fijo por dicho de una muger, que non sabes si miente o si dize verdat, e tu avias atanta cobdiçia de aver fijo, commo tu sabes; e pues que te fizo Dios plazer, non le fagas tu pesar.

960 DEL ENXENPLO DE LA DIABLEZA, E DEL OMNE, E DE LA MUGER, E DE COMMO EL OMNE DEMANDO LOS TRES DONES

—E señor, oy dezir que era un omne que nunca[179] se partia de una diableza, e ovo della un fijo; e fue asi un dia que ella que se queria yr.

E dixo: —Miedo he que nunca me vere contigo; mas ante, quiero que sepas tres oraçiones de mi, que quando pidieres a Dios tres cosas, averlas as.

E mostrol[180] las oraçiones, e fuese la diableza; e el fuese, 970 muy triste, porque se le fue la diableza,[181] para su muger.

E dixol:[182] —Sepas que la diableza, que me tenia, que se me fue, e pesome ende mucho del bien que sabia por ella; e emuestrome tres oraçiones con que demandase tres cosas a Dios, que las averia; e agora consejame que pida a Dios, e averlo he.

E la muger le dixo: —Bien sabes verdaderamente que puramente amas[183] los omnes a las mugeres e paganse mucho de su solaz; por ende, rruega a Dios que te otorgue[184] dellas.

E quando se vido cargado dellas, dixo a la muger: —¡Con- 980 fondate Dios, que esto por el su[185] consejo se fizo!

E dixo ella: —¿Aun non te quedan dos oraçiones? E agora rruega a Dios que te las tuelga,[186] pues tanto pasas con ellas.

E el fizo oraçion, e tollieronse [187] luego todas, e non finco y [188] ninguna; e el, quando esto vio, começo de dezir mal a su muger.

E dixo ella: —Non me maldigas, que aun tienes una oraçion, e rruega a Dios que te torne commo de primero.

E rrogo a Dios que lo tornase de primero; e tornol [189] 990 commo de primero; e asi se perdieron las oraçiones todas.

Por ende te do por consejo sinon [190] que non mates tu fijo, que las maldades de las mugeres non an cabo nin fin; e desto darte e un enxenplo.

E dixo el rrey: —¿Commo fue eso?

ENXENPLO DEL MANÇEBO QUE NON QUERIA CASAR
FASTA QUE SOPIESE LAS MALDADES
DE LAS MUGERES

E señor, dixieronme que un omne que non queria casar fasta que sopiese e aprendiese las maldades de las mugeres e los sus engaños; e anduvo tanto fasta que llego a un aldea; e dixieronle que avie buenos sabios del engaño de las mugeres; e costol [191] mucho aprender las artes.

Dixol [192] aquel que era mas sabidor: —¿Quieres que te diga? Jamas nunca sabras nin aprenderas acabadamente los engaños de las mugeres fasta que te asientes tres dias sobre la çeniza e non comas sinon un poco de ordio, pan de ordio, [193] e sal; e aprenderas.

E el le dixo que le plazia, e fizolo asi. Estonçes posose sobre la çeniza e fizo muchos libros de las artes de las mugeres; e despues que esto ovo fecho, dixo que se queria tornar para su tierra; e poso en casa de un omne bueno, e el huesped le pregunto de todo aquello que levava; e el le dixo donde era, e commo se avia asentado sobre la çeniza de mientra trasladara aquellos libros, e commo comiera el pan de ordio, e commo pasara mucha cueyta e mucha lazeria, e traslado aquellas artes; e despues questo le ovo contado, tomolo el huesped por la mano e levolo a su muger, [194] un omne bueno.

E dixol: [195] —Un omne bueno e fallado que viene can-
1020 sado de su camino.

E contol [196] toda su fazienda e rrogole quel [197] fiziese
algo fasta que se fuese esforçando: estonçes era flaco. E despues questo ovo dicho, fuese a su mandado, e la muger fizo
bien lo quel [198] castigara. Estonçes començo ella de pregun-
talle que omne era e commo andava; e el contogelo todo;
e ella, quando lo vio, tovolo por omne de poco seso e de poco
rrecabdo, porque entendio que nunca podia acabar aquello
que començara.

E dixo: —Bien creo verdaderamente que nunca muger
1030 del mundo te pueda engañar nin es a enparejar [199] con aques-
tos libros que as adobado.—E dixo ella en su coraçon: "Sea
agora quan sabidor quesiere, que yo le fare conosçer el su
poco seso en que anda engañado. ¡Yo so aquella que lo sabre
fazer!" Estonçes lo llamo e dixo: —Amigo, yo so muger
mançeba e fermosa e en buena sazon, e mi marido es muy
viejo e cansado, e de muy gran tienpo pasado que non yazio [200] comigo; por ende, si tu quisieses, e yazieses [201] comigo,
que eres omne cuerdo e entendido. E non lo digas a nadie.

E quando ella ovo dicho, cuydos que le dezia verdat, e
1040 levantose e quiso travar della.

E dixo: —Espera un poco, e desnudemonos.

E el desnudose; e ella dio grandes bozes e garpios; [202] e
rrecudieron luego los vezinos; e ella dixo ante que ellos en-
trasen:

—Tiendete en tierra, sinon muerto eres.

E el fizolo asi, e ella metiol [203] un gran bocado de pan en
la boca; e quando los omnes entraron, pescudaron que que
oviera.

Ella dixo: —Este omne es nuestro huesped, e quiso afo-
1050 gar con un bocado de pan, e bolviensele los ojos.

Estonçes descubriolo e echol [204] del agua por que acor-
dase. El non acordava en todo esto, echandol [205] agua fria e

alynpiandole el rrostro con un paño blanco. Estonçes salye-
ronse los omnes e fueronse su carrera.

E ella dixo: —Amigo, ¿en tus libros ay alguna tal arte
commo esta?

E dixo el: —¡En buena fe, nunca la vi nin la falle tal
commo esta!

E dixo ella: —Tu gasteste y mucha lazeria e mucho mal
1060 dia, e nunca esperes ende al, [206] que esto que tu demandas
nunca lo acabares tu nin omne de quantos son nasçidos.

E el, quando esto vio, tomo todos sus libros e metiolos en
el fuego, e dixo que demas avia despendido sus dias.

E yo, señor, non te di este enxenplo sinon que non mates
tu fijo por palabras de una muger.

E el rrey mando que non matasen su fijo.

DE COMMO AL OTAVO DIA FABLO EL YNFANTE
E FUE ANTEL RREY

E quando vino el otavo dia, en la mañana ante que saliese
1070 el sol, llamo el ynfante a la muger que lo servia en aquellos
dias que non fablava, e dixo: —Ve e llama a fulano, ques
mas privado del rrey, e dile que venga quanto pudiere;²⁰⁷
e la muger, en que vido que fablava el ynfante, fue muy
corriendo e llamo al privado; e el levantose e vino muy ayna
al ynfante; e el lloro con el e contol²⁰⁸ porque non fablara
aquellos dias e todo quanto le conteçiera con su madrasta:
—E non guaresçi de muerte sinon por Dios, e por ti, e por
tus conpañeros que me curaron de ayudar²⁰⁹ bien e leal-
mente a derecho. Dios vos de buen gualardon por ello, e yo
1080 vos lo dare, si bivo e veo lo que cobdiçio; e quiero que vayas
corriendo a mi padre e que le digas mis nuevas ante que
llegue la puta falsa de mi madrasta, ca yo se que madrugara.

El privado fue muy rrezio corriendo desque lo vido asi
fablar, e fue al rrey e dixo: —Señor, dame albryçias por el
bien e merçed que te a Dios fecho que non quiso que matases
tu fijo, ca ya fabla, e el me enbio a ti.—E non le dixo todo
quel ynfante le dixiera.

E dixo el rrey: —Ve muy ayna e dil²¹⁰ que se venga
muy²¹¹ para mi el ynfante.

1090 E el vino, e omillosele, e dixo el rrey: —¿Que fue que
estos dias non fablaste, que viste tu muerte a ojo?

E dixo el ynfante: —Yo vos lo dire. —E contole todo commo le acaesçiera e commo le defendiera su maestro, Çendubete, que non fablase siete dias. —Mas de la muger te digo de quando me aparto, que me queria castigar; e yo dixele que yo non podia rresponder fasta que fuesen pasados los siete dias; e quando esto oyo, non sopo otro consejo sinon que me fiziesedes matar ante que yo fablase; enpero, señor, pidavos por merçed, si vos quisieredes e lo tovieredes por 1100 bien, que mandasedes ayuntar todos los sabios de vuestro rregno e de vuestros pueblos, ca querria dezir mi rrazon entre ellos.

E quando el ynfante esto dixo, el rrey fue muy alegre, e dixo: —¡Loado sea Dios por quanto bien me fizo!, que me non dexo fazer tan gran yerro que matase mi fijo.

E el rrey mando llegar su gente e su corte; e despues que fueron llegados, llego Çendubete e entro al rrey.

E dixo: —Omillome, señor.

E dixo el rrey: —¿Que fue de ti, mal Çendubete, estos 1110 dias? Ca poco finco que non mate mi fijo por lo que le tu castigaste.

E dixo Çendubete: —Tanto te dio Dios de merçed e de entendimiento e de enseñamiento, porque tu deves fazer la cosa quando sopieres la verdat, mas que mas [212] los rreyes señaladamente por derecho deves [213] seer seguro [214] de la verdat e los otros; e el non dexo de fazer lo que le yo castigue; e tu, señor, non devieras mandar [215] matar tu fijo por dicho de una muger.

E dixo el rrey: —¡Loado sea Dios que non mate mi fijo!, 1120 que perdiera este siglo e el otro; e vos otros sabios, si matara mi fijo, ¿cuya seria la culpa? ¿Si seria mia, o de mi fijo, o de mi muger, o del maestro?

Levantaronse quatro sabios, e dixo el uno: —Quando Çendubete vido el estrella del moço en commo avia de ser su fazienda, non se deviera esconder.

E dixo otro: —Non es asi commo tu dizes, que Çendubete non avia y [216] culpa, que tenia puesto tal pleyto con el
rrey, que non avia de fallesçer. Deviera ser la culpa del rrey
que mandava matar su fijo por dicho de una muger, e non
1130 sabiendo si era verdat o si era mentira.

Dixo el terçero sabio: —Non es asi commo vos otros
dezides, que el rrey non avia y [217] culpa, que non ay en el
mundo fuste [218] mas frio que el sandalo, nin cosa mas fria
que la carofoja; e quando los buelvan uno con otro, anse
de escalentar tanto que salle dellos fuego; e si el fuese [219]
firme el rrey en su seso, non se bolverie por seso de una
muger; mas pues era muger quel [220] rrey amava, non podie
estar que non la oyese; mas la culpa era de la muger, porque
con sus palabras lo engañava e fazia dezir que matasen su
1140 fijo.

E el quarto dixo que la culpa non era de la muger; mas
que era del ynfante, que non quiso guardar lo quel mandara
su maestro; que la muger, quando vido al niño tan fermoso
e apuesto, ovo sabor del mas que mas [221] quando se aparto
con el; e ella, quando entendio que fablava el ynfante, entendio que seria descubierta a cabo de los siete dias de lo
quel ynfante dezia; e ovo miedo que la mataria; por ello,
curo de lo fazer matar ante que fablase.

E Çendubete dixo: —Non es asi commo vos dezides, quel
1150 mayor saber que en el mundo ay es dezir.

E el ynfante dixo: —Fablare, si me vos mandaredes.

E el rrey le dixo que dixiese lo que quisiese.

El ynfante se levanto e dixo: —Dios a ti loado, [222] que
me feziste ver este dia e esta ora, que me dexeste mostrar mi
fazienda e mi rrazon. Menester es de entender la mi rrazon,
que quiero dezir el mi saber e yo quierovos dezir el enxenplo
desto.

ENXENPLO DEL OMNE E DE LOS QUE CONBIDO, E
DE LA MANÇEBA QUE ENBIO POR LA LECHE, E
1160 ## DE LA CULEBRA QUE CAYO LA PONÇOÑA

E los maestros le dixieron que dixiese, e el dixo: —Dizen que un omne que adobo [223] su yantar, e conbido sus huespedes e sus amigos, e enbio su moça al mercado por leche que comiesen; e ella conprola e levola sobre la cabeça; e paso un milano por sobre ella, e levava entre sus manos una culebra, e apretola tanto de rrezio con las manos que salyo el venino della, e cayo en la leche; e comieronla e murieron todos con ella; e agora me dezid cuya fue la culpa por que murieron todos aquellos omnes.

1170 E dixo uno de los quatro sabios: —La culpa fue en aquel que los conbido, que non cato la leche que les dava a comer.

E el otro maestro dixo: —Non es asi commo vos dezides, [224] quel que los huespedes conbida non puede todo catar nin gostar de quanto les dava a comer; mas la culpa fue en el milano que apreto tanto la culebra con las manos que ovo de caer aquella ponçoña.

El otro rrespondio: —Non es asi commo vos otros dezides, [225] ca el milano non avia y [226] culpa, porque comia lo que solia comer, demas non faziendo a su nesçesidat; mas la 1180 culebra ha la culpa, que echo de si la ponçoña.

E el quarto dixo: —Non es asi commo vos otros dezides, [227] que la culebra non a culpa; mas avia la culpa la moça que non cubrio la leche quando la traxo del mercado.

Dixo Çendubete: —Non es asi commo vos otros dezides, [228] que la moça non avia y [229] culpa, ca non le mandaron cobrir la leche; nin el milano non avia y culpa, ca comia lo que avia de comer; nin la culebra non avia y culpa, que yva en poder ageno; nin el huesped non ovo y [230] culpa, quel omne non puede gostar tantos comeres [231] quantos man-
1190 da guisar.

Estonçes dixo el rrey a su fijo: —Todos estos dizen nada; mas dime tu cuya es la culpa.

El ynfante dixo: —Ninguno destos non ovo culpa, mas açertosele la ora que avien a morir todos.

E quando el rrey oyo esto, dixo: —¡Loado sea Dios, que me non dexo matar mi fijo!— Estonçes dixo a Çendubete el rrey: —Tu as fecho mucho bien, e nos as fecho [232] para fazerte mucha merçed, pero tu sabes si a el moço mas de aprender. Emuestragelo, e avras buen gualardon.

1200 Estonçes dixo Çendubete: —Señor, yo non se cosa en el mundo que yo non le mostre, e bien creo que non la ay nin [233] en el mundo, e non ay mas sabio que el.

Estonçes dixo el rrey a los sabios que estavan en derredor: —Es verdat lo que dize [234] Çendubete.

Estonçes dixieron que non devia omne dezir mal de los que bien paresçe.

E dixo el ynfante: —El que bien faze, buen gualardon meresçe.—El ynfante dixo: —Yo te dire quien sabe mas que yo.

1210 Dixo el rrey: —¿Quien?

ENXEMPLO DE LOS DOS NIÑOS SABIOS E DE
SU MADRE E DEL MANÇEBO

—Señor, dizen que dos moços, el uno de quatro años
e el otro de çinco años, çiegos e contrechos, e todos dizen
que eran mas sabios que yo.

E dixo su padre: —¿Commo fueron estos mas sabios
que tu?

—Oy dezir que un omne que nunca oyo dezir de una
muger fermosa que non se perdia por ella;[235] e enbio su
1220 omne a dezir que la queria muy gran bien. Aquella[236] muger
e avia un fijo de quatro años; e despues quel mandadero[237]
se torno con la rrespuesta que queria fazer la quel toviese
por bien; e fuese para ella el señor.

E dixo ella: —Espera un poco, e fare a mi fijo que coma,
e lugo[238] me verne para ti.

Mas dixo el omne: —Faz lo que yo quisiere, e despues
que yo fuere ydo, dalle as a comer.

E dixo la muger: —Si tu sopiese quan sabio es, non diries
eso.

1230 E levantose ella, e puso una caldera sobre el fuego, e
metio arroz e coxolo,[239] e tomo un poco en la cuchara e
pusogelo delante.

E lloro e dixo: —Dame mas, que esto poco es.

E ella dixo: —¿Mas quieres?

E dixol: [240] —Mas.— E dixo quel [241] echase azeyte del alcuça; e lloro mas, e por todo esto non callava. E dixo el moço: [242] —¡Guy [243] de ti! [244] Nunca vi mas loco que tu nin de poco seso.

Dixo el omne: —¿En que te semejo loco e de poco seso?

1240 E dixo el moço: —Yo non lloro sinon por mi pro. ¿Que te duelen mis lagremas [245] de mis ojos? E sana mi cabeça e; mas mandome mi padre por el mi llorar arroz que coma quanto quisiere; mas qual es loco, e de poco seso, e de mal entendimiento, el que salle de su tierra, e dexa sus fijos e sus parientes, por fornicar por las tierras, buscando de lo que faze daño, e enflaqueçiendo su cuerpo, e cayendo en yra de Dios.

E quando esto ovo dicho el moço, entendiendo que era mas cuerdo quel viejo, e el llegose a el e abraçol [246] e falagol, [247] e dixo: —Por buena fe, verdat dizes. Non cuyde 1250 que tan sesudo eras e tan sabidor eras, e so mucho maravillado de quanto as dicho.— E arrepintiose e fizo penetençia.

—E señor —dixo el ynfante—, esta es la estoria del niño de los quatro años.

ENXENPLO DEL NIÑO DE LOS ÇINCO AÑOS E DE LOS CONPAÑEROS QUEL DIERON EL AVER A LA VIEJA

E señor, dezirte e del niño de los çinco años.

Dixo el rrey: —Pues di.

Dixo: —Oy dezir que eran tres conpañeros en una mer-
1260 caduria e salieron con gran aver; e todos tres anduvieron
en el camino; e acaesçio que posaron con una vieja, e die-
ronle sus averes a guardar. E dixieron: —Non lo dedes a
ninguno en su cabo fasta que seamos todos ayuntados en uno.

E dixo ella: —Plazeme.

E desi entraron ellos en una huerta de la vieja por ba-
ñarse en una alverca que avia; e dixieron los dos al uno:
—Ve a la vieja e dile que te de un peyne con que nos pey-
nemos.

E el fizolo asi, e fuese para la vieja e dixo: Mandaronme
1270 mis conpañeros que me diesedes el aver, que lo queremos
contar.

Dixo: —Non te lo dare fasta que todos vos ayuntedes en
uno, asi commo lo pusiestes comigo.

Dixo el: —Llegate fasta la puerta.— E dixo: —Catad la
vieja, que dize si me lo mandades vos.

E dixieron ellos: —Buscad e datgelo.

E ella fue e diole el aver, e el tomolo e fue su carrera, e
desta guisa engaño a sus conpañeros.

E quando ellos vieron que tardava, fueron a la vieja e
1280 dixieron: —¿Por que fazes de tardar a nuestro conpañero?

E dixo ella: —Dado le he el aver que me mandastes.

Dixieron ellos: —¡Guay de ti!, que non te mandamos
dar el aver, sinon un peyne.

E ella dixo: —Levado a el aver que me diestes.

E pusieron la señal delante el alcalle, e fueron antel, e
ovieron sus rrazones; e judgo el alcalle que pagase el aver
la vieja, pues que asi lo conosçiera; e la vieja llorando en-
contro con el niño de los çinco años.

E dixo el niño: —¿Por que lloras?

1290   E dixo ella: —Lloro por mi mala ventura e por mi gran
mal que me vino. ¡E por Dios, dexame estar!

E fue el niño en pos della fasta quel²⁴⁸ dixo por que
llorava, e dixo: —Yo te dare consejo a esta cueyta que as,
si me dieres un dinero con que conpre datiles.— E dixo el
niño: —Tornate al alcalle, e di que el aver tu lo tienes, e
di: "Alcalle, mandat que trayan su conpañero, e si non, non
les dare nada fasta que se ayunten²⁴⁹ todos tres en uno
commo pusieron comigo."

E ella tornos²⁵⁰ para el alcalle e dixole lo que le conse-
1300 jara el niño; e entendio el alcalle que otrie ge lo avia aconsejado.

E dixo el alcalle: —Rruegote, por Dios, vieja, que me
digas quien fue aquel que te consejo.

E dixo ella: —Un niño que me falle en la carrera.

E enbio el alcalle a buscar al niño, e dexieronle²⁵¹ ante el
alcalle:²⁵² —¿Tu consejeste a esta vieja?

E dixo el niño: —Yo ge lo mostre.

E el alcalle fue²⁵³ y muy pagado del niño, e tomolo para
si, e guardose²⁵⁴ mucho para su consejo.

1310   E fue pagado²⁵⁵ de su estoria del niño de los çinco años.

ENXENPLO DEL MERCADOR DEL SANDALO E DEL
OTRO MERCADOR

E dixo el rrey: —¿Commo fue eso?

—Señor, dizen de la estoria del viejo. Oy dezir una vegada [256] que era un mercador muy rrico que mercava sandalo; e pregunto en aquella tierra do era el sandalo mas caro; e fuese para alla, e cargo sus bestias de sandalo para aquella tierra; e paso por çerca de una çibdat muy buena, e dixo entre su coraçon: "Non entrare en esta çibdat fasta que amanesca".

1320

E el seyendo en aquel lugar, paso una mançeba [257] que traye su ganado de paçer; e quando ella vio la rrecua, pregunto que que traye o donde era; e fue la mançeba [258] para su señor e dixo commo estavan mercadores a la puerta de la villa que trayen sandalo mucho; e fue aquel omne, e lo que tenia echolo en el fuego; e el mercador sintiolo que era fumo de sandalo, e ovo gran miedo.

E dixo: —Catad vuestras cargas que non lleguen fuego a ellas, [259] ca yo huelo fumo de sandalo.

1330

E ellos cataron las cargas e non fallaron nada; e levantose el mercador e fue a los pastores a ver si eran levantados.

E aquel que quemava el sandalo vino al mercador e dixo: —¿Quien sodes, [260] o commo andades, [261] e que mercaduria traes?

E dixo el: —Somos mercadores que traemos sandalo.

E dixo el omne: —¡Ay buen omne! ¡Esta tierra non quemamos sinon sandalo!

Dixo el mercador: —¿Commo puede ser?, que yo pregunte e dixieronme que non avia tierra mas cara que esta
1340 nin que tanto valiese el sandalo.

Dixo el omne: —Quien te lo dixo, engañarte quiso.

E començo el mercador de quexarse e de maldezirse, e fizo gran duelo.

E dixo el omne: —¡Por buena fe, yo he gran duelo de ti! Mas —dixo—, ya que asi es, conprartelo he e darte e lo que quisieres. E lievate [262] e otorgamelo.

E otorgogelo el mercador; e tomo el omne el sandalo, e levolo a su casa; e quando amenesçio, entro el mercador a la villa, e poso en casa de una muger vieja, e preguntole
1350 commo valia el sandalo en esta çibdat.

Dixo ella: —Vale a peso de oro.

E arrepintiose el mercador mucho quando lo oyo.

E dixo la vieja: —Ya, omne bueno, los de esta villa son engañadores e malos baratadores, e nunca viene omne estraño que ellos non lo escarnesçan; e guardatvos dellos.

E fuese el mercador faza [263] el mercado, e fallo unos que jugavan los dados, e parose alli, e mirolos.

E dixo el uno: —¿Sabes jugar este juego?

Dixo el: —Si se.
1360 Dixo: —Pues posate. Mas —dixo—, cata que sea tal condiçion quel que ganare, quel otro sea tenudo de fazer lo quel otro quisiere e mandare.

Dixo el: —Si otorgo.

Desi asentose el, e perdio el mercador.

E dixo aquel que gano: —Tu as de fazer lo que yo te mandare.

Dixo [264] el: —Otorgo ques verdat.

Dixo: —Pues, mandote que bevas toda el agua de la mar e non dexes cosa ninguna nin destello. [265]
1370 E dixo el mercador: —Plazeme.

Dixo el: —Dame fiadores que lo fagas.

E fuese el mercador por la calle e fallos [266] con un omne que non avia sinon un ojo; e travo del mercador e dixo: —Tu me furteste mi ojo. Anda aca comigo ante el alcalle.

E dixo su huespeda, la vieja: —Yo so su fiador de la faz quel trayga cras ante vos.— [267] E levolo consigo a su posada e dixole la vieja: —¿Non te dixe e te castigue que los omnes desta villa que eran omnes malos e de mala rrepuelta? [268] Mas pues non me quesiste creer en lo primero que te yo 1380 defendi, non seas tu agora torpe de lo que te agora dire.

E dixo el mercador: —A buena fe, nunca te saldre de mandado de lo que tu mandares e me aconsejares.

Dixo la vieja: —Sepas que ellos an por maestro un viejo çiego, e es muy sabidor; e ayuntanse con el todos cada noche, e dize cada uno quanto a fecho de dia. Mas si tu pudieses entrar con ellos a bueltas e asentarte con ellos, e diran lo que fizieron a ti cada uno dellos, e oyras lo que les dize el viejo por lo que a ti fizieron, ca non puede seer que ellos non lo digan todo al viejo.

1390 E desi fue el omne para alla, e entro a bueltas dellos, e posose, e oyo quanto dezian al viejo.

E dixo el primero que avia conprado el sandalo al mercador de que guisa lo conprara, e quel [269] daria quanto el quisiese.

E dixo el viejo: —Mal feziste a guisa de omne torpe. ¿Que te semeja si el te demanda pulgas, las medias fenbras e los medios machos, e las unas çiegas e las otras coxas, e las otras verdes e las otras cardenas, e las otras bermejas e blancas, e que non aya mas de una sana? ¿Cuydas si lo 1400 podras esto conplir?

Dixo el omne: —Non se le menbrare a el deso, que non demandara sinon dineros.

E levantose aquel que jugara a los dados con el mercador, e dixo asi: —Yo jugue con ese mercador, e dixe asi que

si yo ganase a los dados, que fiziese lo quel²⁷⁰ mandase fazer; e yo mandele que beviese toda el agua de la mar.

E dixo el viejo: —Tan mal as fecho commo el otro.
¿Que te semeja si el otro dize: "Yo te fiz pleyto de bever
toda el agua de la mar, mas vieda tu que non entre en ella
1410 rrio nin fuente que non cayga en la mar. Estonçes la beve-
re"? ¡Cata si lo podras tu fazer todo esto!

Levantose el del ojo e dixo: —Yo me encontre con ese
mesmo mercador e vi que avia los ojos tales commo yo, e
dixele: "Tu que me furtaste mi ojo. Non te partas de mi
fasta que me des mi ojo o lo que vale".

E dixo el viejo: —Non fuste maestro nin sopiste que te
feziste. ¿Qué te semeja si te dixiera: "Saca el tuyo que te
finco, e sacare yo el mio, e veremos si se semejan, e pesemoslos, e si fueren eguales, es tuyo, e si non, non"? E si tu
1420 esto fizieres, seras çiego e el otro fincara con un ojo, e tu
non con ninguno, e farias mayor perdida que non el.

E quando el mercador oyo esto, plogole mucho e apren-
diolo todo, e fuese para la posada e dixole todo lo que le
contesçiera, e tovose por bien aconsejado della; e folgo
esa noche en su casa.

E quando amenesçio, vio aquel quel conprara el sandalo
e dixo: —Dame mi sandalo, o dame lo que posiste comigo.

E dixo: —Escoge lo que quisieres.

E dixo el mercador: —Dame una fanega de pulgas llena,
1430 la meytad fenbras e la meytad machos, e la meytad bermejas
e la meytad verdes, e la meytad cardenas e la meytad ama-
rillas, e la meytad blancas.

E dixo el omne: —Darte e dineros.

Dixo el mercador: —Non quiero sinon las pulgas.

E enplazo el mercador al omne, e fueron antel alcalle;
e mando el alcalle que le diese las pulgas; e dixo el omne
que tomase su sandalo; e asi cobro el mercador su sandalo
por consejo del viejo.

E vino el otro que avia jugado a los dados e dixo:
1440 —Cunple el pleyto que posiste comigo, que bevas toda el agua de la mar.

E dixo el: —Plazeme, con condiçion que tu que viedes todas las fuentes e rrios que entran en la mar.

E dixo: —Vayamos antel alcalle.

E dixo el alcalle: —¿Es asi esto?

E dixieron ellos que si.

E dixo: —Pues vieda tu que non entre mas agua, e dize que la bevera.

Dixo el: —Non puede ser.
1450 E el alcalle mando dar por quito al mercador.

E luego vino el del ojo e dixo: —Dame mi ojo.

E dixo el: —Plazeme. Saca tu ese tuyo, e sacare yo este mio, e veremos si se semejan, e pesemoslos, e si fueren eguales, es tuyo; e si non es tuyo, pagame lo que manda el derecho.

E dixo el alcalle: —¿Que dizes tu?

Dixo: —¿Commo sacare yo el mi ojo?, que luego non terne ninguno.

E dixo el alcalle: —Pues derecho te pide.
1460 E dixo el omne que lo non queria sacar, e dio al mercador por quito; e asi acaesçio al mercador con los omnes [271] de aquel lugar.

E dixo el ynfante: —Señor, non te di este enxenplo sinon porque sepas las artes del mundo.

ENXENPLO DE LA MUGER, E DEL CLERIGO, E DEL FRAYLE

E dixo el rrey: —¿Commo fue eso?

E dixo el ynfante: —Oy dezir de un muger, e fue su marido fuera a lybrar su fazienda; e ella enbio al abad a dezir quel marido non era en la villa e que viniese para la noche a su posada. El abad vino e entro en casa; e quando vino faza²⁷² la medianoche, vino el marido e llamo a la puerta.

E dixo el: —¿Que sera?

E dixo ella: —Vete e escondete en aquel palaçio fasta de dia.

Entro el marido e echose en su cama; e quando vino el dia, levantose la muger e fue a un frayle, su amigo, e dixole todo commo le acaeçiera e rrogole que levase un abito que sacase al abad questava en su casa.

E fue el fraile e dixo: —¿Ques de fulano?

E dixo ella: —Non es levantado.

E entro e preguntole por nuevas onde venia, e estovo alli fasta que fue vestido.

E dixo el frayle: —Perdoname, que me quiero acoger.

Dixo el: —Vayades en ora buena.

E en egualando con el palaçio, salio el abad vestido commo frayle, e fuese con el fasta su orden, e fuese.

—E señor, non te di este enxenplo sinon que non creas
1490 a las [273] mugeres que son malas; que dize el sabio que
aunque se tornase la tierra papel, e la mar tinta, e los peçes
della pendolas, que non podrian escrevir las maldades de las
mugeres.

E el rrey mandola quemar en un caldera en seco.

NOTES

INTRODUCTION

1 India: *Sindibad nâmeh, Mischlè Sendabar,* Nachschebi's version; China: *Seven Viziers* (Habicht); no country: *Syntipas* and *Seven Viziers* (Scott).

2 There are twenty-six chapter headings bearing the word *enxenplo,* a fact that has led to the erroneous statement by some writers that the book contains twentysix tales; however, four of these *enxenplos* are inseparable parts of the frame story.

3 (Folios 1v through 62v) *El Conde Lucanor;* (Folios 63r through 79v) *El libro de los engaños;* (Folios 86r through 86v) *Testamento del maestre Alfonso de Cuenca;* (Folios 86v through 86r) a letter from St Bernard to Ramón, señor del castillo de Santo Ambrosio; (Folios 88v through 163r) *El lucidario.*

TEXT

1 *B* muy aventurado e muy noble

2 *A* muere el saber; *B* muere la fama sabyendo que

3 *B* cosa non ay mejor

4 *B* para aver de

5 *B* sinon el bien obrar e el saber

6 *B* pues tomo ella en su entençion... ber es una nave muy segura para poder pasar sin peligro vida... mente con el bien obrar para yr a la vida perdurable e commo el omne

7 *B* mas de lo que a cada uno le es otor...

8 *B* con amor

9 *B* aprovechar e fazer

10 *B* que la

11 *B* libro fuese de aravigo en castellano trasladado

12 *A* engañados; *B* engaños

13 *A* Judea. No other version gives Judea. Most give India.

14 Alcos. Identification not certain. Perhaps Cosroes of Persia (ruled A.D. 531-79), perhaps a King Kûrush or Kai Kûrush of India.

15 *B* estando con

16 *B* estando una noche

17 *B* tanto en esto

18 *B* que fue

19 *B* muy gran cuydado

20 *B* que le
21 *B* dixole
22 *B* ayays
23 *A* quesiste nin quedeste; *B* nunca dexaste
24 *B* me quitar
25 *B* que le
26 *B* e quede heredero
27 *A* quien quier toller e a quien
quier matar; *B* quien quier quytar
quyta e a quien dar da todo es a
su voluntad
28 *B* holgo
29 *B* paryo la Reyna
30 *A* saño (cf. sano)
31 *B* bien seays
32 *B* corrected to *estuvo*
33 *A* corrected to *que*
34 *B* padre una cosa por
35 *B* en peligro
36 *B* quedo
37 *B* que le
38 *B* de la fazienda
39 *B* ay
40 *B* de manera que
41 *B* sabio
42 *B* sabeys
43 *B* sabio
44 *B* sabio
45 *B* pude
46 *B* lastima
47 *B* mas que yo que le mostrase
48 *B* non deve
49 *B* guerra
50 *B* mies hasta que
51 *B* y mostrar
52 *B* algo que de tu boca
53 *B* almyscle
54 *B* non desiste
55 *B* manos y el que
56 *A* ñiñez. *A* writes ñiño ñino, as
well as niño.

57 *A* en ñiñez saberes; *B* en ñiñez
la sçiençia
58 *B* nin la sabe nunca
59 *B* seso ni provecho
60 *B* sepays
61 *emuestres* is apocopated form of
i.s. emuestrese.
62 *B* quel Rey no fuere justiçiero
ni tuviere quien juzgue a los hom-
bres y por derecho los libre ni aya
consejo que enmyende lo que el Rey
mal hiziere y donde la Riqueza que
posee ygualmente y do el fisico fuere tan loçano que con su loçania y
locura no curare de los enfermos.
(cf. vocab. *enfermos*)
63 *B* castigado yo e
64 *B* fize
65 *B* e que todo o que
66 *B* pydieres
67 *A* mentir mas que mas; *B* mentir y mas
68 *B* los rreyes dixo
69 *B* dixole
70 *B* Çendubete que
71 *B* fiziesen a ti
72 *B* avia menester digño
73 *B* las sçiençias
74 *B* que le
75 *B* que aprendas todo lo que yo
aprendi en este palaçio e non as de
salyr de aqui por eso hijo desenbarga
76 *A* coraço
77 *B* engeñyo
78 *B* engeñyo
79 *B* todas las sçiençias
80 *B* dos dias antes del plazo
81 *B* mensajero
82 *B* te llama
83 *A* dixol Çendubete; *B* dixole el
Rey Çendubete
84 *B* o que tienes

85   *B* halle
86   *B* tu sy no faltas de
87   *B* fize
88   *B* faltar
89   *B* mensajeros
90   *B* alguna cosa o alguna
91   *B* pesole
92   *B* e onrrava que
93   *B* que le
94   *B* dixole
95   *B* grytos
96   *B* creçiole
97   *B* sin boz de
98   *B* estava
99   *B* diole
100 *A* repeats *e*
101 *A* afeynte
102 *B* pesole
103 *B* sallyose
104 *B* un gran tienpo
105 *B* que le
106 *B* entrose
107 *B* jaula
108 *B* pude
109 *B* dixo si en
110 *B* trayçion
111 *A* nino; *B* niño
112 *B* adelantas
113 *B* injuryas
114 *B* esmerado
115 *B* fazeys
116 *B* fysico
117 *B* supiese
118 *B* ay
119 *B* holgase
120 *B* amyga
121 *B:* E dixo: —Que fare, —el mançebo— de mi?
122 *B* que le
123 *B* me pena de su amenaza
124 *A* enganos; *B* engaños
125 *B* de tal tierra
126 *B* pisadas

127 *B* que le
128 *B* caçador dueño
129 *B* ay
130 *B* adereçar
131 *B* estudiesen.
132 *B* e fuese
133 *B* tal tierra
134 *B* e dixole la falsedat
135 *B* ay
136 *B* fize
137 *B* holgar
138 *B* podre holgar y yazer con
139 *B* començo de dar bozes y dezirle
140 *B* yazia con su muger
141 *B* y el rriose (*el* refers to *ynfante*)
142 *B* fize
143 *B* ninguna manera lo harya estonçes.
144 *B* quise
145 *B* rruegale
146 *A* aquella *muger e;* *B* e non lo conosçia la vieja
147 *B* daras a quien
148 *B* todavía desde quando
149 *B* e quando ella vio
150 *B* guarddays
151 *B* ay
152 *vinies* is apocopated form of *i.s.*
153 *B* e mia que en otra manera non fuere con ella
154 *B* hazias
155 *B* rrascose
156 *B* que le
157 *B* que le
158 *B* echole
159 *A* repeats and deletes *el*
160 *B* cuchillo
161 *B* que se sepa
162 *B* la verdat es bien hecha
163 *B* e si alguno lo fiziere

164 *B* que fue a veer
165 *B* que le
166 *B* avia muerto
167 *B* por ella
168 *B* truxolo
169 *B* trabaje
170 *B* que le
171 *B* dixole
172 *B* echole
173 *B* los mienbros
174 *B* ay
175 *A* enxeplo
176 *B* vio aquello e dixo que es esto que aqui traes
177 *A* ensonava
178 *B* que le
179 *A* nuca; read *nunca*
180 *B* mostrole
181 *B* diableza fuese para
182 *B* dixole
183 *B* amays
184 *B* otorgue muchas dellas
185 *B* tu consejo
186 *B* quyte
187 *B* fueronse
188 *B* ay
189 *B* tornole
190 *B* consejo que
191 *B* costole
192 *B* dixole
193 *A* un poco de ordio pan, pan de ordio; *B* un poco de pan
194 *B* muger e dixole
195 *B* dixole
196 *B* contole
197 *B* que le
198 *B* que le
199 *B* engañar e mas con
200 *B* tuvo que hazer
201 *B* holgases
202 *B* grytos
203 *B* metiole
204 *B* echole

205 *B* echandole
206 *B* gasteste tu tienpo y pasaste mucha fatiga y malos y non esperes nunca que esto
207 *B* quanto mas presto pudiere
208 *B* contole
209 *B* que trabajaron de me ayudar
210 *B* dile
211 *B* venga para mi
212 *B* verdat y no antes y mas a los rreyes
213 *B* deveys
214 *B* çiertos
215 *A* madar
216 *B* ay
217 *B* ay
218 *B* palo
219 *A* si el fuese firme el rrey en; *B* el Rey fuese firme en
220 *B* que le
221 *B* sabor del e mas quando
222 *B* o dios tu seas loado
223 *B* aparejo
224 *B* dezis
225 *B* dezis
226 *B* ay
227 *B* dezis
228 *B* dezis
229 *B* ay
230 *B* ay
231 *B* manjares
232 *B* as obligado
233 *B* non la ay en el mundo
234 *A* dizen
235 A repeats *que non se perdia por ella*
236 *B* e aquella
237 *B* mensajero
238 *A* lugo; read *luego*
239 *B* cosiolo
240 *B* dixole
241 *B* que le
242 *B* dixo el S...al moço

243 *A guy* error for *guay*
244 *B* ay de ti que tanto lloras e
dixo el moço
245 *B* lagrymas
246 *B* abraçole
247 *B* falagole
248 *B* que le
249 *A* ayunte
250 *B* tornose
251 *B* truxeronle
252 *B* el alcalle e dixole
253 *B* alcalle fue del
254 *B* guardole
255 *B* pagado el Rey
256 *B* vez
257 *B* moça
258 *B* moça

259 *A* ella
260 *B* soys
261 *B* andays
262 *B* levantate
263 *B* fazya
264 *B* dixole
265 *B* gota
266 *B* fallose
267 *A* faz quel trayga cras ante
vos; *B* e yo os le trayre mañana
ante vos
268 *B* manera
269 *B* que le
270 *B* que le
271 *A* omes
272 *B* fazya
273 *A* la mugeres

ABBREVIATIONS

adj.	adjective	*L.*	Latin
Ar.	Arabic	*LL.*	Late Latin
Arag.	Aragonese	*m.*	masculine
adv.	adverb	*mod.*	modern
c.	conditional	*OFr.*	Old French
Cat.	Catalan	*OSp.*	Old Spanish
Celt.	Celtic	*pl.*	plural
conj.	conjunction	*p.p.*	past participle
f.	feminine	*prep.*	preposition
fut.	future	*pres.*	present indicative
Gal.	Galician	*pret.*	preterit
Ger.	Germanic	*pro.*	pronoun
Goth.	Gothic	*Prov.*	Provençal
imp.	imperfect indicative	*p.s.*	present subjunctive
inter.	interjection	*r.*	reflexive verb
Ir.	Irish	*s.*	singular
i.s.	imperfect subjunctive	*VL.*	Vulgar Latin

GLOSSARY

The Glossary does not present all the words contained in the text. Many words of common occurrence are omitted, even when these are given as references for words included. For example, *entendedera* refers to *entender* which is not listed. The entire vocabulary of the text will appear in the forthcoming edition of the *Tentative Dictionary of Medieval Spanish*.

A

abaxar (baxar) *to lower, descend.*

abeja (*L.* apiculam) *f. bee.*

abito (*L.* habitum) *m. habit.*

abivar (vivo) *to make keen.*

abraçar (*VL.* *abbrachiare) *to embrace.*

aca (*VL.* *accu-hac) *here, hither.*

acabadamente (acabado) *adv. completely, perfectly.*

acabar (*VL.* *accapare) *to finish, to die.*

acaesçer (*VL.* *accadescere) *to befall, happen.*

açertar (*L.* accertare) *to be at hand, be present.*

acoger (*VL.* *accoligere) *to receive, gather;* r. *resort to.*

aconsejar (consejo) *to advise.*

acordar (*VL.* *accordare) *to revive.*

acorrer (*L.* ad-currere) *to come to the aid of, succor.*

adargama (*Ar...* adarmac? atar qamah?) *f. most select wheat flour.*

adereçar (*VL.* *adderectiare) *to fit out, adorn.*

adobar (*Prov.* adobar) *to compose.*

adurar (duro) *to persist in.*

aduzir (*L.* adducere) *to take, carry.*

afeytar (*Arag.* afeitar from *L.* affectare) *to primp, make beautiful.*

afogar (*VL.* *affocare from *L.* faucem) *to choke, drown.*

ageno (*L.* alienum) *adj. of another.*

agora (*L.* hac hora) *adv. now.*

al (*VL.* alid) *pro. anything else.*

alabar (*VL.* *alapare) *to praise.*

albryçias (*Ar.* al-bixara) *f. gifts awarded to bearer of good news.*

alcaueta (*Ar.* alkauuada) *f. procuress;* alcahueteria *bawdry.*

alcalle (*Ar.* al-kadi) *m. judge.*

alcançar (*L.* a + incalciare) *to overtake.*

alçar (*VL.* *altiare) *to lift.*

alcuça (*Ar.* alcuza) *f. oil bottle.*

aldea (*Ar.* ad-daiah) *f. village.*

alfayate (*Ar.* al-haiiat) *m. tailor.*

algo (*L.* aliquod) *m. possessions; pro. something.*

alguno (*L.* *alicunum) *adj. some; pro. someone.*

almyzcle (*Ar.* al-misc) *m. musk from Tibetan muskdeer.*

alongar (*VL.* allongare) *r. to move away from.*

alverca (*Ar.* alberca) *f. water tank without top.*

alynpiar (limpio from. *L.* limpidum) *to wash, cleanse.*

amanesçer (*VL.* *ad-manescere) *to dawn, to grow light.*

amasar (masa from *L.* massam) *to knead dough.*

amenazar (amenaza from *L,* a + minaciam) *to threaten, to treat with haughtiness.*

amigo, a (*L.* amicum, am) *m.f. friend, paramour, lover.*

amos (*L.* ambos) *pro. both*; amos a dos *the two together.*

anparar (*VL.* *a + imparare) *to protect, shelter.*

anpolla (*L.* ampullam) *f. blister.*

antel (ante + el)

antuviar (*L.* ante + obviare) *to proceed, hasten.*

apalpar (*L.* palpare) *to feel.*

aparejar (*VL.* *ap-pariculare) *to make ready, prepare.*

apartar (*VL.* *ap-partare) *to take aside.*

apartado (apartar) *adj. fastidious.*

aparte (*L.* ad-parte) *adv. to one side.*

aperçebir (*L.* appercipere) *to teach.*

apremiar (*L.* apprimere) *to urge.*

apretar (*VL.* *adpectorare) *to squeeze.*

apriesa (*L.* ad + pressam) *adv. quickly.*

apuesto (*L.* appositum) *adj. handsome.*

aqueste (*VL.* *accu-iste) *adj. this.*

aravigo (*LL.* arabicum) *m. Arabic.*

arcolcol, arcorcol (*Ar.* alcorc) *cork-soled sandals.*

arras (*L.* arrha) *f. pledge, security.*

arredrar (a + redrar from *L.* retrare) *to withdraw, turn away.*

arrimar (*OFr.* arrimer) *to approach, seek protection.*

arroz (*Ar.* ar-ruzz) *m. rice.*

asco (*VL.* ascara) *m. nausea.*

asayamiento (based on *L.* exagiare + n, giving ensayar; but prefix a intrudes, giving asayar) *m. wile, trick.*

asentar (*VL.* *a + sedentare) *to sit down*; *r. to be seated.*

asomar (*L.* adsummere) *to appear, to go to.*

atal (*VL.* *accu-talem) *adj. such, such a.*

atalear (*Ar.* at-talayi) *to spy upon.*

atanto (*VL.* *accu-tantum) *adv. until.*

atender (*L.* attendere) *to wait upon, listen to.*

aventura (*VL.* *adventuram) *f. chance, fortune.*

aventurado (aventura) *adj. fortunate, blessed.*

aver (*L.* habere) *to have, possess, enjoy carnally*; *to receive, to gain, attain*; *imp.* avia,-as,-a; avie,-es, -e; *pret.* ove,-iste, *fut.* avre,-as,-a; *p.s.* aya; *i.s.* oviera and oviese.

ay (*L.* ad + hic) *adv. there*; (*L.* ai) *inter. alas!, woe unto!*

ayna (*VL.* *agina) *adv. quickly.*

ayuntar (*L.* adiunctare) *to reunite, live together as in marriage*; *r. to convene.*

ayuso (a + yuso from *L.* de-orsum) *adv. below, down.*

azeyte (*Ar.* az-zait) *m. olive oil.*

B

bañador (baño) *m. bathhouse keeper.*

baño (*VL.* *baneum) *m. bath, bathhouse.*

baratador (baratar from. *OFr.* barater from Celt., as Ir. *brath*) *cheater.*

baxar (*VL.* *bassiare) *to lower, descend.*

bermejo (*L.* vermiculum) *adj. bright red.*

bestia (*L.* bestiam) *f. wild beast; mount.*

bever (*L.* bibere) *to drink; m. act of drinking.*

bevir (*L.* vivere) *to live.*

bien (*L.* bene) *m. kindness; prime of life; adv. well, clearly.*

bienaventurado (bien + aventurado) *adj. blessed.*

biesperas (*L.* vesperam) *f.pl. eventide, evening.*

boca (*L.* buccam) *f. mouth, muzzle of animal.*

bolver (*L.* volvere) *to roll, as eyes; to rub; to cause the opinion to change.*

boz (*L.* vocem) *f. voice, declaration.*

braço (*L.* bracchium) *m. arm, power.*

bravo (*L.* barbarum) *adj. severe.*

bueltas (*L.* volutas) *f.pl.* a bueltas *adv. together with.*

bueno (*L.* bonum) *adj. honored, great, large, good.*

C

ca (*L.* quia) *conj. because.*

cabeça (*VL.* *capiciam) *f. head, mind.*

cabeçal (cabeça) *m. cushion.*

cabo (*L.* caput) *m. end, outcome; prep. near;* en su cabo *in its entirety;* por cabo de *close to.*

caça (caçar) *f. hunt.*

caçar (*L.* captiare) *to hunt.*

caer (*L.* cadere) *to fall, let fall.*

caldera (*L.* caldarium) *f. cooking vessel, cauldron.*

calor (*L.* calorem) *f. heat; pl. very hot season.*

camara (*L.* camaram) *f. room.*

camino (*Celt.*) *m. journey.*

candela (*L.* candelam) *f. candle.*

canpo (*L.* campum) *m. field.*

cardeno (*L.* cardinum) *adj. mottled.*

carofoja (*L.* caryophyllam) *f. clove-pink.*

carrera (*LL.* carrarium) *f. way;* ir su carrera *to go his way.*

carta (*L.* chartam) *f. agreement.*

castigar (*L.* castigare) *to teach.*

catar (*L.* captare) *to look at, examine, search for.*

cavalgar (*LL.* caballicare) *to ride on horseback; to give a ride to.*

cavallero (*LL.* caballarium) *adj. mounted upon, riding.*

çelo (*LL.* zelum) *m. jealousy.*

çeniza (*VL.* *ciniciam) *f. ash, cinder.*

çesta (*L.* cistam) *f. basket.*

çibdat (*L.* civitatem) *f. city.*

çiençia (*L.* scientiam) *f.s. and pl. knowledge, science.*

cobdiçia (*VL.* *cupiditiam) *f. desire.*

cobdiçiar (*VL.* *cupiditiare) *to desire.*

cobrar (*L.* recuperare) *to regain.*

cobro (cobrar) *m. solution, recourse.*

cojon (*L.* coleonem) *m. testicle.*

combrie (*c.* comer).

comedio (*L.* cum + medium) *m. interim;* en este comedio *in the meantime.*

comer (*L.* comedere) *to eat; m. act of eating; pl. foods, dishes.*

comigo (*L.* cum + mihi + cum) *prep. + pro. with me.*

commo (*L.* quomodo) *adv. how*; tal commo *like*; *conj. since.*

conbidar (*VL.* convitare) *invite.*

confonder (*L.* confundere) *to confound.*

conortar (*VL.* *conhortare) *to comfort, encourage.*

conosçer (*L.* cognoscere) *to know, recognize, understand.*

conpaña (*VL.* *companiam) *f. retinue, household.*

conpañero (*VL.* *companarium) *m. companion.*

conplido (conplir) *adj. perfect, accomplished.*

conplir (*L.* complere) *to accomplish.*

consejo (*L.* consilium) *m. advice, counsel, remedy.*

contesçer (*VL.* *contingescere) *to befall, happen.*

contra (*L.* contra) *prep. toward, against.*

contrecho (*L.* contractum) *adj. shrunken, emaciated.*

coraçon (*VL.* *cor-acionem) *m. heart*; tan de coraçon, de todo coraçon, *fervently.*

coxo (*LL.* coxum) *adj. crippled*; (*cf. cozer*).

cozer (*L.* coquere) *to cook*; *pret.* coxo.

cras (*L.* cras) *adv. tomorrow.*

cresçer (*L.* crescere) *to mature, grow*; creçiol gran saña *great wrath filled him.*

cubierto (cubrir) *adj. hidden, covered.*

cubrir (*L.* cooperire) *to cover, hide.*

cuerdo (*VL.* *cordum) *adj. intelligent.*

cueyta (cuydar) *f. grief, anxiety.*

curador (curar) *m. one who cares for*; curador de paños *launderer.*

curar (*L.* curare) *to cure, heal*; curar paños *wash clothing*; *r. to interest oneself in.*

cuydado (cuydar) *m. grief, worry*; *adj. worried, grieved.*

cuydar (*L.* cogitare) *to believe, think, ponder.*

D

dado (*L.* datum) *m. one of two dice.*

dantes (de + ante) *adv. before.*

datil (*L.* dactilum) *m. date.*

defender (*L.* defendere) *to prohibit.*

defendido (defender) *adj. forbidden.*

del (de + el; de + él).

demandar (*L.* demandare) *to send for.*

demas (de + mas) *adv. excessively.*

denostar (*L.* deshonestare) *to insult, affront.*

derechero (derecho) *m. justice, law*; *adj. just, honest.*

derecho (*L.* directum) *m. law, justice.*

desçender (*L.* descendere) *to lower, drop*; *dismount.*

descubrir (*L.* discooperire) *to expose.*

desenbargar (*L.* dis-embarricare) *to unburden, clear.*

desfrutar (fruto) *to harvest, gather the fruits of.*

desi (*L.* de-ex-hic) *adv. afterwards.*

desistir (*L.* desistere) *to reject.*

despedaçar (pedaço from *L.* pittacium) *to tear asunder.*

despender (*L.* dispendere) *to waste.*

despoblado (poblar from *L.* populare) *adj. deserted.*

destello (destellar from *L.* distillare) *m. drop.*

dever (*L.* debere) *to owe.*

dexar (*L.* laxare) *to leave, leave off, permit.*

dezir (*L.* dicere) *to say, speak, affirm*; *pret.* dixo.

diableza (diablo) *f. she-devil.*

diablo (*L.* diabolum) *m. devil, demon*; *f. she-devil.*

disputear (*L.* disputare) *to discuss, debate.*

do (*L.* de ubi) *adv. where, whence.*

doblar (*L.* duplare) *to fold.*

don (*L.* donum) *m. gift.*

donde (*L.* de-unde) *adv. where, whence.*

donzella (*Prov.* donzella) *f. maiden, virgin.*

dormir (*L.* dormire) *to sleep*; dormir con *to lie with carnally.*

duelo (*L.* dolum) *m. pity, grief*; fazer duelo *make a show of grief.*

duro (*L.* durum) *adj. hard, difficult*; a duro *with difficulty.*

E

e (*pres.* 1, aver).

edat (*L.* aetatem) *f. age.*

egual (*L.* aequalem) *adj. similar.*

egualar (egual) *to come abreast of.*

egualdat (*L.* aequalitatem) *f. equality*; ser por un egualdat *to be the same.*

emendar (*L.* emendare) *to correct, emend.*

emostrar (*VL.* *ex-monstrare) *to show, teach.*

enbarduñar (based on *Arag.* bardoma) *to roll in the mud, on the earth.*

encaesçer (*VL.* *incadescere) *to give birth to.*

encoger (coger) *to shrink.*

encubrir (en + cubrir) *to hide.*

ende (*L.* inde) *adv. thence*; *on that account*; por ende *therefore.*

endereçada (*L.* indirectiare) *fitted out.*

enemiga (*L.* inimicam) *f. enemy*; *sin, treachery.*

enfermos (*L.* infirmum) *m. a sick man*; *pl. the sick.* Translate ca ...*enfermos bien commo tienen*: for they made me understand, in any land where the royal power was law and didn't judge men so as to acquit them honestly (and where)—let it be apparent—there is no counsel that may correct what the king will do if money tempts him, that it was the same (where) the physician is unconcerned in his period of rest so that he does not make it open to the sick as they consider (he ought to do).

enflaquesçer (flaco) *to grow weak.*

enforcar (en + *L.* furcam) *to hang oneself*; *to die by hanging.*

engañado (engañar) *m. one duped*; *pl. the deceived, duped.*

engañar (*VL.* *ingannare) *to deceive, dupe.*

engaño (engañar) *trick, deceit, wile.*

engeño (*L.* ingenium) *m. mind, wit.*

enparejar (pareja from *L.* pariculam) *to equal, to become the equal of.*

enpeçar (*VL.* *in-pettiare) *to begin.*

enpero (en + pero) *adv. nevertheless.*

enplazar (plazo from *L.* placitum) *to cite, summon, subpoena.*

enpreñar (*L.* impraegnare) *to impregnate.*

ensañar (saña from *VL.* saniam) *to grow angry.*

enseñamiento (enseñar) *m. knowledge.*

ensolver (*L.* in-solvere) *to interpret.*

ensoñar (*L.* in-somniare) *to dream.*

entençion (*L.* intentionem) *f. inclination.*

entendera (entender) *f. paramour.*

entendido (entender) *adj. intelligent, wise.*

entendimiento (entender) *m. intelligence, capability.*

enxanbre (*VL.* *examinem) *f. colony of bees.*

enxenplo (*L.* exemplum with intrusive *n* from prefix *in*) *m. a tale with a moral, an apologue.*

enxugar (*VL.* *ex-succare from *L.* succum) *to wash away.*

errallo (errarlo).

errar (*L.* errare) *to err, err in*; *pres,* yerra 3.

escalentar (*L.* calentem) *to become hot.*

escarmentar (*VL.* *excarmentare) *to punish.*

escarnesçer (escarnir from Ger. skirnjan) *to mock, deceive, ridicule.*

escarnio (escarnir) *joke, trick.*

escrevir (*L.* scribere) *to write.*

escusar (*L.* excusare) *to free from, prevent.*

esforçar (*VL.* *exfortiare) *to strengthen*; *r. to grow overly confident*; *to grow strong, to recover.*

esfriarse (ex + frio) *r. to grow cold.*

espender (*L.* expendere) *to digest and eliminate food.*

esperança (*L.* sperantiam) *f. hope, expectation.*

estonçe (*VL.* extunc) *adv. then, just then.*

estoria (*L.* historiam) *f. tale.*

estrado (*L.* stratum) *m. dais.*

estudo (*pret.* estar 3).

estraño (*L.* extraneum) *adj. foreign.*

F

fabla (*L.* fabulam) *f. speech.*

fablar (*L.* fabulare) *to speak, discuss.*

falagar (*Ar.* hallaqa) *to fawn upon, to cuddle.*

falsedat (*L.* falsitatem) *f. treachery.*

fallar (*VL.* *afflare) *to find, happen upon*; *r.* fallar mal *to be in error.*

fallesçer (*VL.* *fallire) *to be wanting.*

fanega (*Ar.* fanica) *f. measure whose volume varies from region to region.*

farina (*L.* farinam) *f. flour.*

fasta (*Ar.* hatta) *adv. until.*

faza (fasta) *adv. until*; *prep. up to, as far as.*

fazer (*L.* facere) *to do, make, mould*; *r. + adj. to become, to feign.*

fazienda (*L.* faciendam) *fate, condition, concern.*

fazimiento (fazer) *m. sexual union.*

fe (*Ar.* he) *inter. behold, lo*; *helo* see him, here he is; (*L.* fidem) *f. faith*; a buena fe *upon my word.*

fechizo (*L.* factitium) *m. magic, magician.*

fegura (*L.* figuram) *f. symbol, written character.*

fenbra (*L.* feminam) *f. female.*

ferir (*L.* ferire) *to beat, strike.*

fermoso (*L.* formosum) *adj. handsome.*

feseco, fesigo, fisico (*L.* physicum) *m. physician.*

fiador (fiar) *m. voucher.*

ficldat (*L.* fidelitatem) *f. fidelity.*

fiero (L. ferum) adj. wild.

fiesta (L. festam) f. recreation, vacation.

fincar (VL. *figicare) to fix, remain; fincar ynojos to kneel.

firme (L. firmam) adj. firm, wise.

fiuza (L. fiduciam) f. confidence, expectancy.

folgar (L. follicare) to rest, enjoy, lie with carnally.

fondon (L. fundum) m. base.

forçar (VL. *fortiare) to rape.

fornicar (L. fornicare) to fornicate.

foyr (L. fugere) to flee.

fuerte (L. fortem) adj. strong, lasting, evil.

fulano (Ar. fulan) adj. a certain, such and such.

fuste (L. fustem) m. wood.

G

gabla (jaula) f. cage.

ganar (OFr. gaagnier) to win, obtain.

garpio (Ger. *galpjan or L. carpere?) m. cries of malediction or pain.

gelo (L. illi-illum) pro. mod., selo as dárselo.

gozo (L. gaudium) m. joy.

gradesçer (grado from L. gratum) m. to appreciate, thank.

grandeza (grande) f. maturity.

grueso (L. grossum) adj. obese.

guarlardon (Ger. widarlon) m. reward.

guaresçer (guarir from Ger. warjan) to protect, be protected.

guay (Ar. uay) inter. woe!, alas!

gueste (L. hostem) f. army.

guisa (Ger. wisa) f. manner; de guisa que, en guisa que, por guisa que so that.

guisar (guisa) to prepare, fit out.

guy (guay) alas!, woe!

H

haver (aver).

hazer (fazer).

hedat (edat) f. age; term of duty.

huesped (L. hospitem) m. host, guest.

hueste (gueste).

J

jazer (L. iacere) to lie, lie with carnally.

jaula (L. caveolam) f. cage.

judgar (L. iudicare) to judge, decree.

justiçero (justicia) m. lawgiver, judge; adj. just.

juyzio (L. iudicium) m. judgment, will.

L

lagrema (L. lacrimam) f. tear.

lazeria (lazrar from L. lacerare) f. anguish, hardship.

leer (L. legere) to read.

levar (L. levare) to carry, cause to accompany; to arise.

loar (L. laudare) to praise.

loçania (loçano) merriment, haughtiness, recreation.

loçano (VL. *lautianum or Goth. flautjan) adj. merry, careless, proud.

luengo (L. longum) adj. long.

lugar (L. localem) m. place, city.

luvia (L. pluviam) f. rain.

lybrar (L. liberare) to arrange, to look after.

lydiar (L. litigare) to fight in battle.

LL

llorar (*L*. plorare) *to weep; m. weeping.*

llover (*L*. plovere) *to rain.*

M

madrastra (*L*. matrastram) *f. stepmother.*

madrugar (*L*. maturicare) *to get up early, to go forward.*

maestro (*L*. magistrum) *m. teacher, sage, astrologer.*

malandante (mal + andante) *adj. unlucky, unfortunate.*

maldezir (*L*. maledicere) *to curse, swear at, put curse upon.*

maldito (*L*. malditum) *adj. accursed.*

malfechor (*L*. malefactorem) *m. evildoer, criminal.*

mançebo (*L*. mancipium) *m. young man, servant; f. maiden, servant.*

mandadero (mandar) *m. messenger.*

mandado (*L*. mandatum) *m. command, will, advice, message.*

mandar (*L*. mandare) *to order, send after.*

manjar (*OFr*. mangier) *m. food, dish.*

mano (*L*. manum) *f. hand, talon.*

marfil (*Ar*. amal fil) *m. elephant.*

masa (*L*. massam) *f. dough.*

medio (*L*. medium) *m. half.*

melezina (*L*. medicina) *f. medicine.*

menbrar (*L*. memorare) *to remember, to be reminded.*

menester (*L*. ministerium) *m. need, use; adj. necessary.*

menestryl (*OFr*. menestrel) *m. minstrel, musician.*

mercaduria (*L*. mercaturam) *f. business, trade.*

mercar (*L*. mercare) *to shop, buy.*

mereşçer (*L*. merescere) *to merit.*

mesar (based on *L*. messem harvest) *to tear (harvest) out the hair.*

mesmo (*VL*. metipsimum) *adj. self.*

meytad (*L*. medietatem) *f. half.*

mezquino (*Ar*. maskin) *m. wretch.*

mienbros (*L*. membrum) *m. pl. testicles, genital organs.*

mientra (*L*. dum interim giving [do]mientre with adverbial a) *conj. while.*

mics (*L*. messem) *f. grain.*

milano (*L*. milvanum) *m. kite, bird of prey.*

mintroso (mentir) *adj. deceitful.*

moço (*L*. musteum or *V.L.* *mucceum) *m. young man, servant; f. maid, maidservant.*

monte (*L*. montem) *m. forest.*

mostrar (*L*. monstrare) *to show, to teach.*

muela (*L*. molam) *f. millwheel, grindstone.*

muger (*L*. mulierem) *f. woman, wife.*

musgaño (musgo from *L*. moschum) *m. shrewmouse with strong musky odor like* almiscle (almizque).

N

nasçer (*L*. nascere) *to be born.*

nave (*L*. navem) *f. ship.*

necesidat (*L*. necessitatem) *f. need.*

nesçio (*L*. nescium) *adj. stupid.*

nin (*L*. nec + non) *conj. nor.*

niño, spelled in this manuscript also *ñino, ñiño*, perhaps through scribal error or metathesis and assimilation. (*L*. ninnam) *m. boy.*

non (*L*. non) *adv. no, not.*

nonbre (*L*. nominem) *m. name.*

nuevas (*L*. novam) *f. pl. news, tidings.*

O

odre (*L.* utrem) *m. sack for carrying liquids.*

omenaje (*Prov.* omenatge) *m. oath of fidelity.*

omne (*L.* hominem) *m. man, servant.*

onbro (*L.* humerum) *m. back, shoulder.*

onde (*L.* unde) *adv. whence.*

onrrado (onrrar) *adj. honored.*

onrrar (*L.* honorare) *to honor, respect.*

ora (*L.* horam) *f. hour, moment of birth.*

oraçion (*L.* orationem) *f. prayer.*

orden (*L.* ordinem) *f. monastic order.*

ordio (*L.* hordeum) *m. barley.*

oscuridat (*L.* obscuritatem) *f. darkness.*

otavo (*L.* octavum) *adj. eighth.*

otorgar (*L.* auctoricare) *to guarantee, grant, agree.*

otrie (otro) *pro. some one else.*

otrosi (otro + si) *conj. also.*

oyr, oir (*L.* audire) *to hear, heed; m. sense of hearing.*

P

pagado (*L.* pacatum) *adj. content.*

pagar (*L.* pacare) *to please, to pay; r. be pleased.*

palabra (*L.* parabolam) *f. word, affirmation.*

palaçio (*L.* palatium) *m. room.*

palmada (palma from. *L.* palmam) *f. slap.*

panizo (*L.* panicum miliaceum) *m. millet.*

parar (*L.* parare) *to place; r. to stand, stop;* parar mientes *to notice.*

paresçer (*L.* *parescere) *to appear, to seem to be.*

parientes (*L.* parentem) *m. pl. relatives, parents.*

pasadizo (paso) *adj. leisurely.*

pasar (*L.* *passare) *to pass, to endure,* pasar por *to go to.*

pasçer (*L.* pascere) *to pasture.*

pechos (*L.* pectum) *m. pl. breast.*

pegar (*L.* picare) *to harden.*

penar (pena from *L.* poenam) *to grieve, to cause to grieve.*

pendola (*L.* pinnulam *f. quill (pen).*

perdida (*L.* perditam) *f. harm.*

perdurable (*L.* *perdurabilem) *adj. eternal.*

perrilla (perro) *f. bitch.*

pesar (*L.* pensare) *to grieve, cause sorrow.*

pescudir (*L.* perscrutare) *to inquire.*

pescueço (*L.* *post cocceum) *m. neck of animal.*

peçes (*L.* piscem) *m. pl. fishes.*

pie (*L.* pedem) *m. foot, pootprint.*

pieça (*Gal.* pettia) *f. space of time.*

piedat (*L.* pietatem) *f. pity.*

pielago (*L.* pelagum) *m. body of water.*

peynar (*L.* pectinare) *to comb hair.*

peyne (*L.* pectinem) *m. comb.*

pisada (pisar) *f. footprint.*

plazer (*L.* placere) *to please, be satisfied.*

plazo (*L.* placitum) *m. term of contract.*

pleyto (*Arag.* pleito) *m. contract, agreement.*

podre (*L.* putrem) *m. or f. pus.*

ponçoña (*VL.* *potioniam) *f. poison.*

poridat (*L.* puritatem) *f. confidence; pl. secrets.*

pos (*L.* post) *adv.* en pos de *behind, following.*

posada (posar) *f. inn, room.*

posar (*L.* pausare) *to lodge; r. to sit down, rest upon.*

poseer (*L.* possidere) *to possess.*

preñada (*L.* *praegnare) *adj. pregnant.*

presto (*L.* praestum) *adj. swift; adv. soon.*

privado, pryvado (*L.* privatum) *m. confidant, counsellor.*

pro (*L.* prode) *m.* and *f. advantage, profit.*

profeçia (*L.* prophetiam) *f. knowledge, Scripture.*

provar (*L.* probare) *to test.*

pulga (*L.* pulicem) *f. flea.*

punto (*L.* punctum) *m. moment.*

puramente (pura + mente) *adv. only.*

puta (*L.* putidam) *f. prostitute.*

putero (puta + arium) *m. frequenter of prostitutes.*

pymienta (*L.* pigmentam) *f. pepper.*

Q

quan (*L.* quam) *adv. how.*

quanto (*L.* quantum) *pro. all;* todo quanto *everything;* p o r quanto nunca se perdiese el buen nonbre *for the sake of which might he never lose his fine reputation.*

que (*L.* quid) *conj. that, so that; pro.* que que *what.*

quel (que le).

questo (que esto).

quexar (*L.* coaxare) *r. to complain.*

quiça (*L.* quis sapit) *adv. perhaps.*

quito (*Prov.* quiti) *adj. freed, exempt.*

quytar, quitar (*L.* quietare) *to remove.*

RR

rrazon (*L.* rationem) *f. truth, motive, discourse.*

rrazonar (rrazon) *to plead, argue.*

rrebolver (*L.* revolvere) *to turn and twist.*

rrecabdar (*L.* recapitare) *to manage, see to.*

rrecabdo (rrecabdar) *m. sense, discretion.*

rrecua (*Ar.* recub) *f. caravan.*

rrecudir (*L.* recutere) *to succor.*

rrecuero (rrecua) *m. caravan, caravan master.*

rregno (*L.* regnum) *m. realm, royal power.*

rrelanpago (*L.* lampare) *m. lightning.*

rrelente (*L.* re + lentum) *m. dew.*

rrepuelta (revuelta from *L.* revolutam) *f. craftiness, provocation.*

rreyna (*L.* reginam) *f. queen.*

rrezio (*L.* *rigidum) *adv. strongly, swiftly.*

rriqueza (rico) *f. wealth, money.*

rronper (*L.* rumpere) *to break, hurt.*

rryncon (*Cat.* ranco) *m. place apart, hiding place.*

S

saber (*L.* sapere) *to learn, know; m.* and *m. pl. knowledge.*

sabidor (saber) *adj. wise, learned.*

sabiduria (sabidor) *f.* and *f. pl. wisdom, knowledge.*

sabio (*L.* sapidum) *m. sage, diviner; adj. wise, learned.*

saltar (*L.* saltare) *to leap upon, to mount.*

salto (*L.* saltum) *m. jump;* dar salto en sus cabellos *to fly at him.*

salyr (*L.* salire) *to leave, to exempt; r. to free oneself from.*

sandalo (*Ar.* çandal) *m. sandalwood.*

sano (*L.* sanum) *adj. healthy, sound.*

saña (*VL.* *saniam) *f. anger.*

sañoso (saña) *adj. angry.*

sañudo (saña) *adj. angry.*

sazon (*L.* sationem) *f. time, age, while.*

seer, ser (*L.* sedere) *pres.* so; *imp.* seye, era.

segar (*L.* secare) *to reap.*

semejar (*L.* similiare) *to seem.*

señerigo (señero from *VL.* singularium from *L.* singularem) *adj. fastidious, particular.*

sentir (*L.* sentire) *to feel, to smell.*

señal (*VL.* *signalem) *f. sign, results;* poner la señal *to bring the case.*

señaladamente (señalar) *adv. especially.*

señero (*VL.* singularium) *adj. sole, single, alone.*

señora (señor) *f. woman.*

sescito (*L.* sextum) *adj. sixth.*

sesenta (*L.* sexaginta) *adj. sixty.*

seso (*L.* sensum) *m. wisdom; significance; judgment, opinion.*

sesudo (seso) *adj. wise, prudent.*

seys (*L.* sex) *adj. six.*

sienpre (*L.* semper) *adv. always.*

sierva (*L.* servam) *f. servant.*

siglo (*L.* saeculum) *m. the world.*

sinon (*L.* si + non) *conj. save, unless.*

so (*L.* sub) *adv. under.*

soberado (*VL.* *superatum from *L.* superare) *m. tower, upper story.*

solaz (*OFr.* solaz) *m. pleasure.*

solazar (solaz) *to amuse; r. be diverted.*

sorsir (*VL.* *super + suere) *to sew up, repair by sewing.*

suso (*L.* sursum) *adv. above.*

T

tañer (*L.* tangere) *to play music.*

tardar (*L.* tardare) *to delay, to spend much time.*

tendero (tienda) *m. storekeeper.*

tienda (*L.* tentam) *f. store.*

tender (*L.* tendere) *to stretch out, lie down.*

tener (*L.* tenere) *to possess; consider, believe; p. p.* tenudo.

tenpestat (*L.* tempestatem) *f. storm; but here meaning would seem to be demon.*

tirar (*L.* tirare) *to remove, take away.*

todavia (toda + via) *adv. always.*

toller (*L.* tollere) *to take away, remove; to vomit.*

tomar (?) *to take, remove, attain; r.* tomarse unos con otros *to fight with each other.*

tornar (*L.* tornare) *to return; become again; to turn into (something); r. return, become.*

torpe (*L.* turpem) *adj. foolish, stupid.*

tosigo (*L.* toxicum) *m. poison.*

traer (*VL.* tragere from *L.* trahere) *to lead, carry. pret.* truxo.

traiçion (*L.* traditionem) *f. treason.*

tras (*L.* trans) *prep. behind.*

trasladar (*L.* transladare) *to copy, translate.*

travar (trava from *L.* trabem) *to seize, lay hands on.*

travesar (*Cat.* traves) *to pass across (in front of).*

tuerto (*L.* tortum) *m. injustice.*

U

usar (*L.* usare) *to frequent.*

V

valer (*L.* valere) *to be worth; to help.*

vañador (bañador).

vaño (baño).

varon (*L.* varonem) *m. man.*

veer (*L.* videre) *to see, infer; m. sight.*

vegada (*L.* vicatam) *f. time;* una vegada *once.*

venino (*L.* venenum) *m. venom.*

venir (*L.* venire) *to come; to befall, chance, to result.*

ventura (*L.* venturam) *f. destiny.*

vezino (*L.* vicinum) *m. neighbor.*

via (*L.* viam) *f. way, road.*

villa (*L.* villam) *f. city, town.*

virtud (*L.* virtutem) *f. power, virtue.*

vos (*L.* vos) *pro. you. mod.* vosotros and. os. *Vos otros existed in OS. but was used intensively. Vos was the regular subject pronoun.*

X

ximio (*L.* simium) *m. monkey, ape.*

Y

y (*L.* ibi) *adv. there.*

yantar (*VL.* *iantare) *f. meal; pl. dishes, foods.*

yazer (*L.* yacere) *to lie down, to lie, to lie with carnally.*

yerrar (errar).

yerro (errar) *m. error, mistake.*

ymagen (*L.* imaginem) *f. image, figure.*

ynchar (*L.* inflare) *to puff up, to become arrogant toward.*

ynfante (*L.* infantem) *m. prince.*

ynojo (*L.* genuculum) *m. knee.*

yo (*L.* ego) *pro. I.*

yr, ir (*L.* ire) *to go; r. go away.*

yra (*L.* iram) *f. anger.*

yvierno (*L.* hibernum) *m. winter.*

SELECTED BIBLIOGRAPHY

Editions of the Eastern Branch of the Seven Sages

ARABIC

Habicht, Maximilian. *Tausend und Eine Nacht, Arabisch nach Handschrift aus Tunis hrsg.* Breslau: Hirt, 1825.

Scott, F. *The Seven Visiers* (1800), reproduced by W. A. Clouston. *The Book of Sindibad; or, Story of the King, his Son, the Damsel, and the Seven Viziers. From the Persian and Arabic.* Glasgow: Cameron, 1884.

GREEK

Boissonade, Joseph E. *Syntipas et Cyri filio Andreopuli narratio et codd.* Paris: Bure frères, 1828.

Eberhard, Alfred. *Fabulae Romanenses Graece conscriptae ex recensione et cum adnotationibus.* Leipzig: Teubner, 1872.

HEBREW

Sengelmann, Heinrich von. *Das Buch den sieben weisen Meistern aus dem hebräischen und griechischen zum ersten Male übersetzt und mit literar-historischen Vorbemerkungen versehen.* Halle: Lippert, 1842.

PERSIAN

Brockhaus, H. *Die sieben weisen Meister von Nachschabi, Persisch und Deutsch.* Leipzig, 1845.

Falconer, Forbes. *Analytical Account of the Sindibad-namah, or Book of Sindibad.* London: (Journal of the Royal Asiatic Society of Paris), Vols. XXXV, XXXVI.

SPANISH

Bonilla y San Martín, Adolfo. *Libro de los engaños e los asayamientos de las mugeres.* Biblioteca Hispánica. Barcelona-Madrid, 1914.

Comparetti, Domenico. *Researches Respecting the Book of Sindibad.* (The Folk-Lore Society), No. IX. London: Stock, 1882.

———. *Ricerche intorno al libro di Sindibâd.* (Atti del Istituto Lombardo), 1869; 2nd ed., Florence, 1896.

González Palencia, Ángel. *Versiones castellanas del "Sendebar".* (Consejo Superior de Investigaciones Científicas). Madrid-Granada, 1946.

Keller, John Esten. *El libro de los engaños*. (University of North Carolina Studies in the Romance Languages and Literatures). Chapel Hill, 1953.

SYRIAC

Baethgen, Friederich von. *Sindban, oder die sieben weisen Meister. Syrisch und Deutsch*. Leipzig, 1879. Translated into French by Macler, Paris, 1903.

EDITIONS OF THE WESTERN BRANCH

Chauvin, Victor. *Bibliographie des ouvrages arabes ou relatifs aux Arabes*. Liège: H. Vaillant-Carmanne; Leipzig: Harrassowitz, 1904 (Vol. VIII, 1-215 contains bibliography of Sindibad through 1922, Eastern and Western branches: editions, studies, articles, dissertations, etc.).

GENERAL BIBLIOGRAPHY

Adams, Nicholson B. *The Heritage of Spain*. New York: Henry Holt, 1943.

Alighieri, Dante. *The Paradiso*. (Temple Classics). Edinburgh, 1937. Amador de los Ríos, José. *Historia crítica de la literatura española*, Vol. III. Madrid: J. Rodríguez, 1863.

Ballesteros, Antonio. *Historia de España y su influencia en la historia universal*. 10 vols. Barcelona: Salvat, 1918-41.

Barlaam et Josaphat, ed F. Lauchert. *Romanische Forschungen*, VII (1893), 32-402.

Beal, Samuel. *The Fo-sho-hing-tsan, a Life of Buddha*. Oxford: Clarendon, 1883.

Bédier, Joseph. *Les Fabliaux, étude de littérature populaire et d'histoire littéraire du Moyen Age*. Paris: Bouillon, 1895.

Benfey, Theodor. *Pantschatantra: fünf Bücher indischer Fabeln, Märchen und Erzählungen*. Leipzig, 1859.

Burke, U. R. *A History of Spain from the Earliest Times to the Death of Ferdinand the Catholic*. 2 vols. 2nd. ed. London: Longmans, Green, 1900.

Calila y Dimna, ed. J. Alemany Bolufer. Madrid: Librería de los Sucesores de Hernando, 1915.

Campbell, Killis. *A Study of the Romance of the Seven Sages* with Special Reference to the Middle English Versions. (Johns Hopkins University doctoral thesis.) Reprinted from the Publications of the Modern Language Association of America, Vol. XIV, No. 1, 1-107.

Carter, Minnie Luella: "Studies in the Scala Celi of Johannes Gobii Junior". (Unpublished doctoral thesis, University of Chicago, 1928.)

Chapman, Charles E. *A History of Spain*. New York: Macmillan, 1918.

Crane, Thomas F. *The Exempla of Jacques de Vitry*. (Publications of the Folklore Society, No. 26). London: Nutt, 1890.

Crónica de los reyes de Castilla, ed. D. Cayetano Rosell. *Biblioteca de Autores Españoles*, LXVI. Madrid: Librería de los Sucesores de Hernando, 1919.

Derenbourg, Joseph. *Deux versions hébraïques du libre de Kâlilâh et Dimnah*. Paris: 1881.

Dunlop, John C. *History of Fiction*. London: Bell, 1889.

Enciclopedia Universal Ilustrada Europeo-Americana. 70 vols. + 16 supplementary vols. Barcelona: Hijos de Espasa, 1930-44.

Encyclopedia of Islam. 4 vols. Leyden-London, 1913-36.

Epstein, Morris. "A Medieval Jewish Tale", *Commentary* XXV (1958). 528-531.

————. "*Mishle Sendebar*: New Light on the Transmission of Folklore from East to West", *Proceedings of the American Academy for Jewish Research* XXVII (1958). 1-17.

————. "The Manuscripts, Printed Editions, and Translations of *Mishle Sendebar*", *Bulletin of the New York Public Library*, Vol. 63 (1959), No. 2, 63-87.

González Palencia, Ángel. *Historia de la España musulmana*. 2nd ed. Barcelona: Editorial Labor, 1929.

————. *Historia de la literatura arábigo-española*. 2nd. ed. Barcelona: Editorial Labor, 1945.

Harduin, J. *Acta Conciliorum*. Paris, 1714.

Harold, A. F. *The Life of Buddha according to the Legends of Ancient India*, translated from the French by Paul C. Blum. New York: Boni, 1927.

Heilman, Walter R. "The Pastourelle Theme in the Early Spanish Drama" (Unpublished doctoral dissertation, University of North Carolina, 1952.)

Hitti, Philip. *History of the Arabs from the Earliest Times to the Present*. 5th ed. New York: Macmillan, 1951.

Holmes, Urban T., Jr. *History of Old French Literature*. New York: Crofts, 1948.

Hurtado, Juan, and A. González Palencia. *Historia de la literatura española*. 6th ed. Madrid: S. A. E. T. A., 1949.

Isidore of Seville. *Opera Omnia*. Rome, 1862; J. P. Migne, *Patrologia Latina*, vols. 81-4; *Etymologies*, ed. W. M. Lindsay. 2 vols. Oxford: Clarendon, 1911.

Jacobs, Joseph. *History of the Æsopic Fable*. London: Nutt, 1889.

Jewish Encyclopedia. 12 vols. New York-London: Funk and Wagnalls, 1901-05.

Juan Manuel, Infante of Castile. *El Conde Lucanor*, ed. Hermann Knust pub. by Adolf Birch-Hirschfeld. Leipzig: Seele, 1900.

Keller, John Esten. *Motif-Index of Mediaeval Spanish Exempla*. Knoxville: The University of Tennessee Press, 1949.

Keller, John Esten. *El libro de los gatos.* (Consejo Superior de Investigaciones Científicas.) Madrid-Valencia, 1958.

———. *The Book of the Wiles of Women.* (University of North Carolina Studies in the Romance Languages and Literatures, No. 27 and M. L. A. Translation Series, No. 2.) 1956.

Kiefer, Emma E. *Albert Wesselski and Recent Folktale Theories.* Indiana University Publications, Folklore Series No. 3. Bloomington, 1947.

Komroff, Manuel. *Tales of the Monks from Gesta Romanorum.* New York. Tudor, 1928.

Krappe, A. H. "Les sources du *Libro de los Exemplos*", *Bulletin Hispanique* XXXIX (1937), 5-54.

Lane-Poole, Stanley. *The Moors in Spain.* New York: Putnam, 1890.

Lecoy de la Marche, A. *La chaire française au Moyen Age.* Paris: Renouard-Laurens, 1886.

Martínez de Toledo, A. *El corbacho,* ed. Lesley B. Simpson. Berkeley: University of California Press, 1939.

Menéndez y Pelayo. *Orígenes de la novela.* Vol. I. Santander: Consejo Superior de Investigaciones Científicas, 1948.

Migne, J. P. *Patrologiae Cursus, Series Latina.* 221 vols. Paris: Migne, 1844-64.

Millares Carlo, A. *Historia de la literatura española hasta fines del siglo XV.* "Clásicos y Modernos", No. 5. Mexico, 1950.

Misrahi, Jean. *Sept Sages.* Paris: Librairie E. Droz, 1933.

Mosher, Joseph A. *The Exemplum in the Early Religious and Didactic Literature of England.* New York: Columbia University Press, 1911.

Nicole de Bozon. *Les contes moralisés,* ed. Paul. Meyer and L. Y. Smith. Paris: Société des Anciens Textes Français, 1889.

Paris, Gaston. "Les contes orientaux dans la littérature française du Moyen-Age". (3rd essay in *La poésie du Moyen-Age,* II ser.) Paris, 1887.

Penzer, N. M. *The Ocean of Story:* being C. H. Tawney's translation of Somadeva's *Kathā Sarit Sāgara.* 10 vols. London: 1923 ff.

Petrus Alfonsi. *Disciplina Clericalis,* ed. Alfons Hilka and Werner Söderhjelm. Heidelberg: Winter, 1911.

———. *Disciplina Clericalis,* ed. A. González Palencia. Madrid-Granada: Consejo Superior de Investigaciones Científicas, 1948. (This edition follows that of Hilka and Söderhjelm and gives those stories from Petrus Alfonsi's work borrowed and translated into Spanish by Clemente Sánchez in *El libro de los enxienplos.*)

Proctor, Evelyn S. *Alfonso of Castile, Patron of Literature and Learning.* Oxford: Clarendon, 1951.

Salazar, Pedro. *Monarquía de España*. 2 vols. Madrid: Ulloa, 1770.

Sánchez, Clemente. *El libro de los exemplos*, ed. P. Gayangos. Biblioteca de Autores Españoles LI, Madrid, 1952; *Romania* VII (1878), 481-526.

Thompson, Stith. *The Folktale*. New York: Dryden, 1951.

―――. *Motif-Index of Folk-Literature:* a classification of narrative elements in folktales, ballads, myths, fables, mediaeval romances, exempla, fabliaux, jest-books, and local legends. 6 vols. FF Communications Nos. 106-109, 116, 117. Helsinki, 1932-36. Also Indiana University Studies Nos. 96-97, 100, 101, 105-106, 108-110, 111-12. Bloomington, 1932-36. *Revised and Enlarged Edition*, Bloomington, 1955-58.

Welter, J. Th. *L'exemplum dans la littérature religieuse et didactique du Moyen Age*. Paris-Toulouse: 1927.

Wright, Thomas. *A Selection of Latin Stories from Manuscripts of the 13th and 14th Centuries*. Percy Society Publications. Vol. 8. London: Richards, 1843.

✠

FUE IMPRESO ESTE TOMO DE LA EDICIÓN: "EL
LIBRO DE LOS ENGAÑOS", A EXPENSAS DE
LA UNIVERSITY OF NORTH CAROLINA
STUDIES IN THE ROMANCE LAN-
GUAGES AND LITERATURES, EN
LOS TALLERES DE TIPO-
GRAFÍA MODERNA,
DE VALENCIA, EL
DÍA 15 DE
JULIO DE
1959